化劫

笭菁 著

目錄

CONTENTS

禁忌・化劫

本故事純屬虛構・內容概與現實無關

禁忌醫院

一楔子一

深夜，大夜的白衣護士悄聲的進入病房，確定病人的狀況一切穩定，為女孩蓋上被子，然後才躡手躡腳的離開。

今夜的風似乎有點大，吹得玻璃窗嘎吱作響，躺在病床上的女孩緩緩睜開眼睛，看著一室的荒涼。

她獨自睡在六人病房裡，病房裡空蕩得嚇人，有時候隔床的簾子會在無風的情況下緩緩飄動；與其說那是飄動，還不如說是像有人輕用手指，滑過簾子時的顫動。

她很害怕，皺著眉盯著窗外看，夜晚的窗外有路燈，卻還是透出詭異的深藍色。

好討厭喔！為什麼要安排她住在這種病房？護士還說她是幸運的，至少目前是個人VIP，完全不怕遇上其他病患吵鬧。

可是她不喜歡，她寧願吵鬧些，白天還沒什麼感覺，一到了夜晚，她就會覺得很恐怖！黑壓壓的病房裡，一個人影都沒有，一點點風吹草動，都會讓她膽顫心驚。

最糟的是，她是因為骨折住院，右腳裹了厚重的石膏吊在半空中，嚇得想跑卻也跑不掉。媽媽都不留下來陪她！女孩咕噥般的抱怨，側了身，把臉埋進被子裡。

沒關係，快點睡著就沒事了……明天、明天那個很可愛的護士姊姊說要帶一隻小熊來給她呢！

有根手指，隔著被子在她後背上點了點。

女孩倏地在被裡睜大了眼，背上的戳刺開始用力且急速，不斷的點著她。

怎麼會？護士小姐嗎？她不是才剛出去，怎麼又進來了？

女孩半信半疑的，緩緩的把被子掀開。

回首，果然看見了一個白衣天使站在她床邊，她有張過度慘白的臉龐。

「什麼事嗎？」女孩瞇著眼，有點睡眼惺忪，有點狐疑，為什麼黑暗中護士小姐的臉會白到發亮？

「妳睡錯床了。」她拿著一個板子，在上頭刷刷的寫著。

「咦？」女孩撐起身子，聽不懂。

「這是他們的床。」護士小姐冷冷的看著她，指向她的另一邊。

她伸出指頭時，女孩發現這個護士小姐的食指，像被活生生啃過一般的血淋淋！

她嚇得轉向另一側，卻突然看見，不知道從哪兒冒出的一大群人！

那群人包圍她的床邊，擠得水洩不通！

「我的床！」有個駝背駝得很嚴重的老婆婆站在她腳的位置，扯著她的床單。「滾下來！」

「不對！這是老子的床！」另一個男人，看起來虎背熊腰的，很像黑社會老大，但是他的半邊臉全不見了！

「我的！妳給我走開！」另一個像阿姨年紀的女人肥胖臃腫，身上帶了凹凸不平的腫瘤，抓住了她的手。

瞬間，她眼睜睜看著圍在她床邊的人們，抓住她的身子、有人拉扯她的床單，開始試圖把她趕下床去！

「救命！救命——」女孩尖叫，她知道、她知道這些都不是人！

因為他們身上不是少了那塊、就是缺了半邊、還有人七孔流著血、有人的心開了個口，撐開箝還在上頭！

然後，他們抓著她的身子，卻各自往自個兒的方向抓。

而剛剛叫她的護士，卻站得遠遠的，面無表情的看著她。

「妳睡錯床了。」她一直這麼說著，回過身子，女孩發現這個護士的背面被削了一大塊，她的側面只有一般人的一半薄。

她瞪著護士被削下的身子，那血肉模糊的軀幹、那脊椎、那邊走邊晃落的血塊與肌肉——

「哇呀——啊啊——」女孩吃力的往上伸長了手，拉下護士鈴拚命壓著。

來啊！快點來救她！不然她會被這些厲鬼分屍的！

護士鈴的長音響起，女孩拚命喊著，然後她瞧見了自己的左手臂，被撕開一條縫的聲音。

嘶——血，跟著從小縫中滲了出來，然後是噴湧而出。

「呀呀呀——」她慘叫著，剩餘的那隻手依然按著護士鈴。

嗶——嗶——嗶——嗶——護士鈴的聲響在房裡迴響著。

但是沒有人過來。

為什麼？護士小姐為什麼不過來——這裡有鬼！這間醫院鬧鬼啊！

有個護士在遙遠的另一端巡房，正與另一位護士擦身而過。「好安靜的夜晚喔！妳那邊沒什麼事吧？」

「沒有啊。」另一個護士微微一笑，這麼說著。

而角落末間的病房裡，哪兒也去不了的骨折女孩，正眼睜睜看著，自己的身體即將被四分五裂……

啪嘰——

第一章

一大早，早班的護士迅速集合，聽取簡單的早報，確定自己今天負責的工作項目跟範圍後，便開始一天忙碌的工作。

「啊啊……」一個圓臉兒的小護士嘴巴張得超大，打了一個很沒氣質的呵欠。

「徐巧巧！」護士長出了聲，「妳最好不要給病人看到妳這種樣子。」

「不會啦！」徐巧巧趕忙搖著頭，「我才不會那麼沒形象，在病人面前，我是美麗的白衣天使呢！」

「噗……」同組的雯蓁聽了，不由得噗哧笑出聲。

是啦，以徐巧巧的外表而言，其實是超可愛的類型，都二十二了，卻活像十七歲的小女孩一樣，圓圓的臉蛋，一樣圓圓的雙眼，認真打扮是卡哇伊的類型。

不過呢，這只是「形象」。

她是大剌剌的類型，跟她住過同間宿舍的人都知道，那房間比狗窩還亂……但是，徐巧巧在工作上還是很專業的，除了粗魯了點外，該做的都會做。

「妳昨天是幾點睡啊？」雯蓁挑了眉，誰叫巧巧看起來累掛了！

「很早睡啊……我這是累積的疲勞啦！」徐巧巧噘起了嘴，「我好想快點放假喔！明天我就可以放假了，喔耶！」

「是啊，然後緊接著就是大夜班了。」雯蓁跟徐巧巧同組，她們即將從早班換到大夜，是痛苦的歷程。

她們都是剛進醫院實習的小護士，才剛來三星期而已，還沒有輪值過大夜班呢！

「妳不覺得大夜比較涼嗎？」徐巧巧壓低了聲音，賊賊的笑著，「根本不需要跑來跑去，病患也都在睡覺，不必擔心有人動不動就按護士鈴，嘿嘿嘿！」

「學妹！」學姊媚媚冷冷的回頭，「妳最好是不要想得太美，大夜忙起來時會生不如死的！」

徐巧巧噤了聲，大夜值十二個小時耶，要是都生不如死那多慘？

「我才不喜歡大夜！」雯蓁一臉極為排斥的模樣，大半夜待在醫院裡，不嚇人嗎？

「問題是妳當護士耶！值大夜是一定要的啦！」徐巧巧很認分，與其說她是認分，不如說她很喜歡這份職業、以幫助患者為己任！

「新來的嗎？真可愛！」突然有個男生的聲音由她們身後響起，伴隨著笑意。

徐巧巧回頭看去，發現是白袍「男天使」。

「嗨！」她眨了眨眼，這個男護理士沒看過耶。「我是徐巧巧。」

「我叫白育倫，大家都直接叫我小白，剛調來這裡。」他看起來很爽朗，笑出一口白牙。「以後都是同事，就請多多指教啦！」

雯蓁倒是打量了他一會兒才疑惑的開口，「你是學長吧？」

因為怎麼看，白育倫都不像實習生。

「我在醫院待好幾年了，今天才調到外科病房。」小白果然一臉從容的樣子，「這裡呢，簡單來說，算是戰場吧！」

「戰……場？」徐巧巧嚥了口口水，有沒有這麼可怕？「這裡又不是ICU，只是外科病房啊！」

只見小白頓了一頓，旋即挑高了眉，看來這票實習女生還不知道，這間醫院最經典的傳聞吶！

厚！雯蓁一看見學長的笑容，立刻覺得不妙，她扯了扯徐巧巧的衣服，要她快點代大家發問。

「好了，現在開始工作吧！徐巧巧，妳負責五樓所有的換洗床單！」護士長回首擊了掌，「陳雯蓁，妳……咦？小白，你來啦！實習生注意，這段時間他就是妳們的組長，有事情可以先請教他！」

「啊？他？」幾個原本是學姊的護士不由得皺了眉。

「小白比妳們都資深，別在那邊給我瞪眼睛！」護士長催促著，「陳雯蓁，妳負責大家的早餐跟點滴！」

一聲令下，所有護士便開始忙碌，而徐巧巧倒是提著一個粉紅色的小花袋子，裡頭放了隻可愛的小熊，愉快的先往五樓最末間走去。

「你幹嘛跟著我啊，學長？」徐巧巧問著跟在她身後的小白。

「我不是跟著妳，我是要去514號房換紗布。」真妙的女生，他跟著她幹嘛？「我記得妳要換的床單跟山一樣高，妳現在提著那隻熊要去哪？」

「我要去513號房啦！我答應要送她小熊！」徐巧巧露出一臉燦爛的笑容，「那個病人是田徑隊的耶，卻不小心從樓梯摔下去骨折了！所以很沮喪，我跟她聊過天，知道她很愛小熊，就買了一隻送她。」

「喔……」小白淺笑著，他不會投入太多感情在病患身上，因為他們來來去去，全都是過客，出了院，有幾個人記得你？「513……等等！妳是說，一位叫莊恬真的同學嗎？」

「嗯！」徐巧巧用力的點著頭，她記得那女生哭得好可憐，因為縣賽沒辦法參加也就罷了，只怕未來腳痊癒後，也無法再跑了。

「妳不知道嗎？」小白看著遠處底端的房間，「她昨晚去世了。」

咦？徐巧巧霎時瞪大了眼睛，手指頭勾著的提袋，不由得因為鬆手而落了下來。

紙袋摔在地上，滾出那隻可愛的小熊。

「大夜發生的事情，凌晨量血壓時，發現她多重器官衰竭。」這丫頭恐怕沒仔細聽早報，通常會報告空出來的病房。

「她只是骨折而已，怎麼可能會多重器官衰竭？」她雖然只是護士，但是她還是有基本常識的！

「好像是其他的擦傷引起敗血症，昨晚發高燒，白血球指數急遽增加，在睡夢中一直發抖，發現時已經來不及了。」小白嘆了口氣，「只是很奇怪，她為什麼沒按護士鈴呢？」那應該是非常不舒服的狀況，發高燒而全身發抖，護士鈴就在手邊，怎麼會沒有呼叫呢？

徐巧巧一臉難受的低下頭，淚水不由得滴落。

小白沒說什麼，剛進來的實習生都會這樣，對最初幾個病人給予過多的關懷，久了，自然會找出一條平衡的道路。

他只是拍拍她的肩，予以安慰，然後吩咐她快點去換床單，便去處理自己該換藥的傷患了。

為什麼不按護士鈴？她明明跟那女孩說過，只要不舒服就按啊？

而且怎麼會有這種事情，只是小小的骨折，竟然一夕之間就這麼走了？徐巧巧彎身拾起小熊，不顧他人眼光，蹲在走廊上頭，望著小熊流淚。

叩、叩。

有拐杖聲傳來，就在徐巧巧的身後，然後停了下來。

她這才驚覺到自己的失態，趕緊把小熊塞進袋子裡，站起身來，為了怕撞到後頭拄著拐杖的傷患，還特意往旁邊挪了一步。

「對不起，我擋到——」徐巧巧回首道歉。

後頭空無一人。

咦？她眨著淚眼，身後一個人都沒有，只有長長的走廊，跟一些自旁邊路過的病患及醫護人員。

奇怪，剛剛明明有人拄著拐杖走過來啊！怎麼會突然就不見了？徐巧巧疑惑的左顧右盼，偏偏就是沒看見任何拄拐杖行走的病人。

她到底怎麼了？不行！要打起精神來，還有一整層的床單沒換耶！

徐巧巧壓下悲傷的情緒，深呼吸一口氣，抱著袋子衝回護理站，再把要置換的床單全放到手推車上頭，便開始應盡的工作。

她一間間打招呼、一間間換床單，刻意避開現在空無一人的513號房，留到最後一間才換。

打開房門時，那六人房空蕩蕩的，一個人都沒有。

513 病房的陳設很簡單，一間白色的病房，以門口為界，分為左右兩邊，從靠近門口算起，右邊是一、二、三號床、左邊則是四、五、六號，床尾對床尾，每張病床上都有方形不鏽鋼管，綠色的簾子可以完全拉起，包圍住整張病床的空間，給病人隱私權。

門是比較偏四號床一點，但左右兩大排床的中間，就出現了寬大的走廊，供她們推動儀器跟走動用的；每張病床的空間不算小，右手邊都是自個兒的櫃子，三號及六號床的位置最寬，因為它們右手邊放了櫃子後，旁邊就是牆壁跟窗戶，空間多出不少。

這棟樓曾歷經過九二一地震，聽說整間病房從二號床延伸至窗戶的地方全都崩落；那年死傷慘重，但一號及四號床的病患安然無恙，卻在驚醒時發現床友消失了。

重建之後，這一棟幾乎全面翻新，空間變大，也成了相當舒適的病房。

尤其 513 號病房位在邊間，還比其他病房更大呢！

今晨的往生者莊恬真，睡的位置就是一號床，徐巧巧還可以看見床單上的紊亂，伸手觸摸那冰涼的床面，很難想像二十四小時前，她還在這裡跟那女孩有說有笑的。

人生無常，她在醫院裡真的體會到了。

強忍悲傷，徐巧巧換上床單，再將一切東西恢復正常。

沙……鏗鏗鏗……

突然間，有拉簾子的聲音在房裡響起，那聲音是簾子上頭的塑膠環在鋼管上滑動的聲響。

徐巧巧立刻回過頭去，赫然發現靠窗的三號床位，綠色的簾子被拉起來一部分，並不是收好的狀態。

她皺著眉盯著那簾子看，她剛剛進來時也沒收好嗎？奇怪！

窗戶的確是打開的，風一直吹進來，第三張床靠近牆，難怪那簾子不停的飛動，上頭的塑膠環還一直發出鏗鏗的聲音。

徐巧巧自然的走過去，將簾子收好，用繩子綁緊，再走到窗邊，將窗戶關好。

奇怪，誰特地來把窗戶打開啊？如果早上這裡是病危的戰場，誰有心情走到這兒把窗子打開呢？

算了，她懶得想那麼多，把事情做好就是了。

回過身子，她推動手推車，往外頭走去。

徐巧巧關上房門，有一點她覺得很奇怪，為什麼其他每一間病房都有住人，偏偏 513 號房會空成那樣？

把客滿的病房移一兩個人到這裡來，大家也就不會那麼擠了啊？她們也不必常常要跑去調停病患之間的糾紛了嘛！

513 號病房，有什麼特別的嗎？

門關上的那一瞬間，她剛綁好的簾子，突然又鬆了下來。

※　※　※

「又死一個了啊？」媚媚趁空吃著蘇打餅乾，圓著眼。

「妳才知道，都已經把跟沒有生命危險的病患放到那邊去了，還是死了！」瓶子一臉驚恐，「骨折也會引發多重器官衰竭，這不誇張嗎？」

「這是第幾個了啊？」媚媚扳起手算起來，「天哪，這是這個月第九個人耶！」

徐巧巧忙到一個空檔，走進休息室，就看見大家跟學姊在討論詭異的事情。

「什麼第九個？」她沒頭沒腦的問。

「513 啊！這個月就死了九個人了！」媚媚是學姊，不由得搖了搖頭。「死亡率根本高達百分之百。」

「嗄？這麼多啊？」連徐巧巧也訝異極了，「包括昨天去世的莊同學嗎？」

「對啊，她是第九個！妳們知道嗎，為什麼 513 病房最空？就是因為一直出事，連醫生都不敢隨便把病患放進那裡！」資深學姊瓶子語重心長，「通常都是骨折病患、痔瘡病患，那種輕症患者才放進513；結果咧，不管多輕，全都死亡！」

徐巧巧嚇了一跳，她沒處理過其他的患者，但昨天那高中同學的死亡，的確非常的不正常。

「我好怕喔！」雯蓁聽了很擔心，「我剛聽見那個田徑同學死的消息，都傻掉了！她昨天都還好好的！」

「拜託！還有更扯的咧！聽大夜的說，醫生去看莊同學時，她手裡緊握著護士鈴耶！」媚媚一臉在說靈異怪譚的模樣，「可是，護理站的燈，一次都沒有亮過……」

「哇呀！」一票小護士們嚇得緊緊相擁，怎麼這麼可怕啦！

「上一個是痔瘡患者，開刀都成功了，就等出院！」瓶子忙著補充，「結果出院前一晚，竟然從窗戶跳下去，當場死亡！」

「自殺？」雯蓁跑到徐巧巧身邊，緊勾住她的手，她最怕這種事了，所以一點都不想值大夜。

「只能這樣解釋啊！不過醫生說，他落地的弧度跟姿勢，與其說自殺，反而比較像——」媚媚頓了一秒，賣起關子的臉，害所有小護士緊張兮兮的瞧著她。「被拋出去的。」

喲……徐巧巧全身雞皮疙瘩都起來了，為什麼大白天的大家要在這裡說這些怪力亂神的事啦！她們不是護士嗎？是醫護人員，應該跟鬼啊什麼的扯不上關係吧？

「隔壁房有人說，聽見那位先生跳樓前淒厲的大喊：不要抓我！」瓶子若有似無的補充一句，頓時嚇得她們魂飛魄散。「而且啊，每次出事的 513，都只有一個病患住喔！」

「我還聽說……曾經有學姊，在那間病房裡憑空消失……」媚媚用著低嗓音說道，宛如鬼魅似的！

「啊啊——學姊，不要嚇我們啦！」徐巧巧趕緊拍身邊發抖的雯蓁，「那些都是巧合吧？我們是護理人員，應該不會怕那些有的沒的。」

「噓——」門口突然傳來一陣聲音，嚇出一片尖叫。

雯蓁都巴在徐巧巧身上了，她也被突如其來的聲音嚇得往牆邊靠，就連講怪譚的兩位學姊也從椅子上跳了起來；所有人瞪著門邊的男生看，他一根指頭還擺在唇上，帶點責備般的看向她們。

「學長，你嚇死人了！」媚媚快哭了。

「妳們在這裡討論這種事情很不對吧？還有妳，徐巧巧，他們不是有的沒的！」小白從容的走了進來，在板子上寫下一些記事。「醫院裡什麼事都得信，什麼事都得尊敬。」

所有人愕然的眨了眨眼，看著最資深的男生。

「學長，你意思是說……」媚媚不安的幫大家提出疑問，「醫院真的有所謂的好兄弟嗎？」

「寧可信其有，不可信其無。」小白寫好，蓋上白板筆。「什麼事都有可能，大家自己要注意到——首先，就是不要去談論他們。」

哇……小護士們交換眼神，個個惶惶不安。

「那個……我知道醫院有很多禁忌啦！可是都是關於我們的！」媚媚提出了疑問，「可是病人的事，我們怎麼知道？」

「醫院有禁忌？」徐巧巧跟劉姥姥一樣，錯愕的問著。

這問題一出，大家像看怪咖一樣瞧著她，就算沒知識也要有點常識吧？在護理學校時，難道都沒有人拿這些聊天嗎？

像他們禁止在醫院吃「旺旺仙貝」、「鳳梨」這些有興旺意思的食物，因為那代表醫院的生意會絡繹不絕；其他行業就算了，醫院最好是不要有什麼興旺的情況，因為那代表病人多、死亡率也高。

每日C也是禁喝飲料，因為那代表每日都要做「CPR」，就表示需要急救的患者多，也是不好的現象。

據說，這情況屢試不爽，有人中午偷帶了一盒鳳梨來吃，下午就發生遊覽車翻車意外，一下子塞爆急診室，連屍體也停到沒位置。

不過其他的部分……從沒個確切說法。

「可是……」她好奇的搔了搔頭，「那只是諧音吧？那萬一這裡是外國怎麼辦？外國人又聽不懂什麼旺來！」

「但這裡是台灣。」小白有點啼笑皆非，好像來了一個很天真的新護士。

「喔……」徐巧巧似懂非懂。

「反正看到什麼不該看的，不要跟他們對上眼神，也不要主動去交談，就當作沒看見就是了！」小白連交代這個，都好像在交代喝水一樣輕鬆。

「學長看過嗎？」雯蓁害怕的提問。

「我之前待過急診跟 ICU，妳說呢？」他輕輕一笑，彷彿在說什麼家常便飯的事。

他沒說有看見，但也沒說沒看見，這回答讓大家更害怕。

嗚……怎麼那麼可怕？雯蓁發著抖，她已經聽過好多醫院的事情了，多少人住院都遇到好兄弟、也有好多學姊被嚇得魂飛魄散……眼看著後天就要開始值大夜，她好怕喔！

「妳們在這裡幹什麼？這麼閒？」護士長冷不防的出現，「還不快去幹活！徐巧巧！」

「是！」她不自覺的立正站好，其他人飛快的作鳥獸散。

「513 病房有一個新病患，去量體溫跟打點滴！」護士長看著手中的病歷，「彭宛華，十七歲，車禍骨折，已經離開開刀房，等一下就送去病房。」

徐巧巧一怔，又是一個骨折的高中生嗎？

其他護士則是面面相覷，又是513病房？

「還不快點去？」護士長瞧徐巧巧又發呆，喝斥一大聲。

「好！」徐巧巧趕緊三步併作兩步，就往外頭奔去。

「這麼巧？今天早上去世的也是骨折的年輕同學？」小白笑吟吟的，「護士長，妳故意叫徐巧巧去的吧？」

「我只是想說她有經驗，至少知道怎麼安慰那個小女生！」護士長隨意應付，就往外頭走去。

其實小白猜對了，護士長不是沒瞧見早上在走廊上哭的徐巧巧，年紀還輕，尚不懂得怎麼排解情緒，所以她刻意再給她一個類似的病患，至少當作一種彌補作用。

只是沒幾秒鐘，徐巧巧又急奔了回來，趕緊打開她的置物櫃。

「怎麼了嗎？」雯蓁關切的問。

「我想把那隻小熊送給她。」徐巧巧一臉期待，「她跟那位莊同學一樣的情況，我想這是天意，所以我要把小熊送給……咦？奇怪？我的袋子呢？」

徐巧巧翻遍置物櫃，就是沒看見提袋的蹤影，她關上櫃門，突然想到她把袋子掛在手推車的扶把上，一起推去換床單了。

跑到車子那兒看，卻空空如也，她後來把床單拿去洗時，也沒看見那只粉紅花朵的提袋。

奇怪？不見了？是什麼時候不見的？

她一路換床單時，都把提袋掛在手把邊啊！根本就沒有拿起來過，為什麼會不見？

啊啊啊……徐巧巧抱著頭，怎麼樣就是想不起來！

她原本還想放在513的病床上頭當作紀念的——咦咦！對！她進513號房時，那個提袋還在把手上啊！

可是……可是她離開病房時，好像就沒看見那個提袋了。

「不見了嗎？」雯蓁也跟過來幫忙找。

「我進513號房時還掛著，出來後就直接回來，袋子不見了！」她睜圓著眼，看著雯蓁。

「我一定掉在病房裡或是路上了！」

「啊……好可惜喔！那隻很可愛耶！」

「算了，如果被病人撿到，希望他因此變得很開心！」

「Knock，Knock。」小白路過，敲了敲木門。「妳再不去513病房做事，等一下會被護士長轟得很慘喔，徐巧巧。」

「啊！」伴隨一陣驚慌的慘叫，徐巧巧風也似的飛了出去。

小白不由笑出聲來，這學妹很可愛，雖然有點莽撞，但至少有著新護士的衝勁與活力。

啊啊，不過剛剛大家講到哪兒了？他好像忘記交代，醫院其他的關鍵禁忌了！

彭宛華被送回病房時，人還沒全醒，徐巧巧為她打上點滴管時，特別留意她的狀況；一樣的年紀、一樣的高中生，一樣有隻裹著石膏的腳吊在半空中，唯一不同的，這次是左腳，而不是右腳。

她特別留意彭宛華的狀況，深怕一不小心，又跟昨夜死亡的病例一樣。

「嗯……」彭宛華悠悠轉醒，意識仍舊朦朧。

徐巧巧沒敢打攪她，只聽見她喃喃囈語，而她的父母親在外面跟醫生談話，母親哭得很傷心。

她剛剛有聽見，這是多巧的巧合呢？彭宛華也是田徑校隊的，因為這次車禍也不能參加縣賽，只是比莊同學更慘，似乎是粉碎性骨折，韌帶也斷了，未來還要開好幾次刀，植入人工關節……

她的高中生涯，是一定不可能再跑了！至於未來，萬一復原不佳，最糟的情況是一生都必須跟拐杖為伍。

真可憐，田徑隊的人失去了腳，簡直就像失去翅膀一樣。

「不要吵！」彭宛華突然喊了聲。

徐巧巧嚇得摀住口鼻，她沒吵喔！她連一點點聲音都不敢出……好可憐的女孩，一定做惡夢了啦！

「吵死人了！」彭宛華突然跳開眼皮，撐起身子。「妳不能安靜一點嗎？」

徐巧巧瞪大了眼睛，剛好跟病患大眼瞪小眼，彭宛華緊皺著眉頭，非常不耐煩的瞪著她，然後開始左顧右盼。

「彭同學……您好！」她趕緊祭出笑容，「吵到妳了嗎？」

彭宛華怔然，她幾乎都快把這間病房看穿了，卻只是露出更疑惑的神情。

「這裡只有妳嗎？」她有點疲憊，栽回枕上。

「呃，是啊！」她笑了笑，「妳做惡夢了吧？」

「沒有，我假睡。」彭宛華別過頭去，「我聽見一堆人在講話，吵死人了！」

呃……問題是這裡沒人啊！徐巧巧聳了聳肩，怕是車禍後遺症，還分不清楚現實跟夢境。

「既然妳醒了，那我去叫醫生進來。」徐巧巧立刻往門邊走。

「不需要！」彭宛華立刻斥聲，「我不需要大家輪流跟我說，我是個殘廢！」

啊……徐巧巧眨了眨眼，又是一個身心受創的孩子！不能再次在田徑場上奔跑，她能瞭解這女孩痛苦的心境。

「我要繼續睡了，妳可以出去了。」彭宛華拿被子蒙住頭，她什麼都不想想了！

不能跑步，那她的人生還有什麼意義？

她為這次縣賽準備了多久？正打算一雪去年第二名的恥辱，奪回冠軍的獎座……怎麼知道，老天跟她開了這麼大一個玩笑！

為什麼走在路上會被撞到！喝酒開車真的那麼好玩嗎？那傢伙毀掉她的人生，有什麼好得意的！

徐巧巧望向彭宛華，她雙手掩面，哭得泣不成聲，她不想也看見跟外頭一樣的場景，就假裝她是睡著的吧！

叮！

有個很細微很細微的聲響，從窗邊那兒傳了過來。

徐巧巧很難不去注意到，她覺得一整天都聽見怪聲；她回過身子，發現她早上才紮好三號床的簾子，又不知道被誰放下來了。

她沒好氣的先走到三號床邊，將簾子更用力的紮好，然後再走到窗邊，仔細尋找剛剛那鈴鐺聲的來源。

從門口進來，左右各兩大排床，中間的大走道與門口呈一直線，而對著門的牆上有一排簡單玻璃窗；其中左邊數過來第二扇窗戶邊，很奇怪的擺了一盆盆栽。

徐巧巧會覺得它奇怪不是沒有原因的，因為那盆栽不是擺在窗外的鐵窗上喔，而是中型盆栽，不但擺在室內、還卡在窗戶前面那只有十公分寬的小小窗台上。

那是非常奇妙的擺放方式，榕樹盆栽還得斜靠在窗緣才不會搖晃。

她走過去，聲音就在盆栽附近，她撥動葉子，才發現這盆盆栽實在有夠髒，好像很久沒人清洗了。

沒幾秒鐘，她就在土盤裡，找到了一個黃色的東西。

徐巧巧拾起，那是個護身符，上頭繫了條紅繩，還有個鈴鐺，似乎是有人惡作劇綁在葉子上，剛剛終於鬆掉，掉了下來。

她透著光，看著那個平安符，這絕對不會是彭宛華的，她……就先收起來好了。

往前走了兩步，她又決定踅了回來，這盆栽擺這兒太怪了，不如讓她先洗一下，擺到室內來也好……她看了看一號床的櫃子，那會是個好地方。

有一些綠色植物，說不定病患心情會好一些。

徐巧巧開心的笑著，動手搬起盆栽。

唰——鏗啷鏗啷。

就在她的右手邊，剛剛那紮妥的簾子，瞬間像被人解開束帶一下，刷的散了下來。

詭異而強勁的風突然刮了進來，徐巧巧嚇了一跳，抱著盆栽往後退，差點睜不開眼。

喀啦喀啦……同一時間，簾子拉動的聲音此起彼落。

「妳很吵耶！」一號床的彭宛華，再也忍無可忍的把被子掀開！

只是，她下一秒就怔了住。

她見一個發傻的護士小姐，手上抱了盆盆栽，一頭亂髮，狼狽的站在窗戶附近。而扣掉她那張病床，其他五張病床，全都放下了綠色的簾子，而且簾子全都拉起，甚至遮掩了一半的病床。

「妳幹嘛把每張病床的簾子都拉起來啊？」彭宛華狐疑的皺著眉，「這間病房不是只有我一個人住嗎？」

「是……是啊……」徐巧巧不由自主的顫抖著手，「只有妳一個人……」是嗎？

※　※　※

經過一個期待已久的休假，徐巧巧卻放得心神不寧，一想到即將要開始值大夜，她整顆心都七上八下。

休假前一天的事她還記得一清二楚，在病房裡發生的事情太詭異了！詭異到她很難用常理去解釋！

那些簾子怎麼會突然放下來？甚至還拉起大半？就算窗邊的風再大，也不可能會造成那種情況啊，再說了，那風也強得令人匪夷所思，跟像處在高樓下一樣，但是那是五樓耶！

小小的窗子怎麼會有那麼大的風，廣度甚至遍佈了整間病房？

大白天發生的事，她不敢說是那個什麼的，那景象她沒跟任何人說，可是打從心裡就是覺得毛骨悚然。

班還是得上啊！晚上八點徐巧巧硬著頭皮還是得到醫院，準備值她人生第一天大夜班。

「巧巧！」好友雯蓁早就來了，換上白色的護士服，一臉也不安心的模樣。

「妳怎麼好像很緊張的樣子？」她自己也是，但沒有雯蓁那麼嚴重。

「今天值大夜啊，我昨天都睡不好！」雯蓁一臉哀容，「我超擔心的，早上特地去廟裡求了一堆平安符。」

雯蓁邊說，邊從頸子裡拉出一堆紅線，果然是「一堆」平安符。

哇咧，她也怕啊，但是雯蓁未免也太誇張了？要是給病患看到她身上掛了那麼一大堆東西，誰還敢住啊？

「晚安！都很準時嘛！」一塊板子往徐巧巧頭上招呼，小白輕鬆的走了進來。

「咦？學長你也值大夜嗎？」徐巧巧有點開心，因為有個有經驗的人一起值班，她會放心很多。

「沒錯，我們整組都值大夜。」小白一臉可憐樣，「我早班才上兩天就被調到大夜，我要是精神不濟，妳們可得COVER我！」

「學長學長！」徐巧巧緊張的湊上前，她有一堆問題想問耶！

首先，就是把那天看到的詭異景象，一五一十的跟學長報告！

只是跟著進來報到的是兩位學姊，她們一來就開始跟小白聊天，並且非常明顯的把她擠到旁邊去；沒兩分鐘護士長跟著進來了，開始報告今天病患的情形。

徐巧巧豎起耳朵聽著，不知道513號房有沒有事。

幾個病人出院、幾個病人入院、哪幾個病患很神經質，半夜動不動就會按護士鈴，有的說見鬼、有的說太冷、有的嫌無聊，反正這些人不睡覺，就閒得發慌；還要記住哪幾間病房一定要留燈，不能暗暗的睡覺，還有誰要注意點滴量……

護士忙記錄，徐巧巧怎麼聽，就沒聽見513有異樣。

「那個……513病房的……」她舉手，問了護士長。

「513？喔，那個骨折的病人嗎？她個性有點拗、也挺兇的，可能是因為以後不能跑步的關係，這兩天大夜被整慘了，但是大家還是要順著她一點。」護士長也嘆口氣，「她說什麼別跟她反駁，道個歉安撫她就是了。」

「拜託，會被她整死吧？」媚媚咕噥著，「一個晚上按十幾次護士鈴耶！」

「真的假的？」瓶子圓了眼，十幾次，當她們真的沒事幹嗎？

「每一次按都嫌我們跑得太慢，不然就是劈頭開罵……那女生的脾氣很差就是了！」媚媚也剛交接，這是她同梯護士說的。

「她罵些什麼呢？」徐巧巧適時的提問，這個她比較關切。

「好像是說什麼很吵、吵得她睡不著……」媚媚兩手一攤，「大夜的醫院，是哪裡會吵啊？」

吵……徐巧巧臉色發白，這跟那天的情形不是一樣嗎？那個彭宛華是不是聽得見什麼，才會一直覺得有人在吵鬧？

嗚嗚，她也不想值大夜了！

簡報完畢，小護士們就得各司其職了，她們兩個實習生先得把器材洗乾淨，再去準備明天的點滴，資深的護士則顧著跟紀錄奮鬥；不過她們沒太多時間做自己設想的事情，因為光應付護士鈴，大家都快癱了。

竟然有人連續按十次，都只是要她們幫忙開電視、幫忙調音量、還有人說他頭很癢！徐巧巧簡直快抓狂了，好像是晚上這些病人特別寂寞，就會拚命的叫她們過去！

一直到快十一點時，終於讓病人們睡覺，她們才能抽出時間來進行正常的工作……徐巧巧得先要去樓下拿抽血檢驗的管子，跟雯蓁一道往電梯那裡去。

「欸，好怪，今天那個 513 都沒按鈴啊！」雯蓁剛去看了一下，感覺也還好。「為什麼她們昨天說 513 一直嚷很吵啊？」

「我怎麼知道？」徐巧巧隨意應付一下，但根本耐不住性子。

她只猶豫了兩秒，就把休假前一天，513 大白天裡發生的事情跟雯蓁說了！

不說還好，一說完，徐巧巧立刻後悔，因為原本就對異象怕得要死的雯蓁，臉色更加蒼白了。

「她是不是聽到什麼了！那間病房一定有問題！我就知道，一個月來死了九個人，絕對不是意外……」雯蓁緊張兮兮的拉著徐巧巧的手臂，「連上次那個骨折的女孩都莫名其妙去世妳不覺得很怪嗎？一定是有東西在作祟！」

「雯蓁……我拜託妳不要再猜了！」越說她越毛啊！早知道就不要跟雯蓁說了！

電梯叮的一聲，兩個小護士看著緩緩開啟的電梯門，裡頭空無一人……不知道為什麼，此時此刻的電梯讓她們兩個覺得非常的恐怖。

不要怕！不要怕！徐巧巧自己做著心理建設，只是電梯啊，每天都在搭，有什麼了不起？

反正有雯蓁在，沒在怕的啦！

深呼吸一口氣，徐巧巧拉著雯蓁一起進去電梯。

醫院裡的電梯不算大，但是過於熾白的燈光、讓電梯裡泛出點淡淡的青色，以前她都沒有瞧得這麼仔細，現在卻真的覺得那顏色是很淡的水藍色。

電梯門最上頭是樓層的數字，燈亮在五樓，然後往下是三樓，這是醫院跟旅館的習俗，「四」是中國人禁忌的數字，因此醫院跟旅館絕對不會有四樓。

不過那只是數字上的改變而已，事實上第四樓還是存在的啊，像她剛剛待的五樓其實就是四樓呢！

咦？徐巧巧一愣，她們那一層其實就是四樓？那513……其實是413？媽呀！她幹嘛自己嚇自己！

此時，電梯裡的燈光突然明滅了一下！緊張的雯蓁立刻失聲尖叫，下一刻電梯跟著晃盪，卻又在剎那間停下。

徐巧巧算是驚嚇過度，但來不及反應，小嘴張得大大的，卻尚未發出尖叫聲。

「電梯故障嗎？」她呆呆的看著靜止不動的電梯，抬首看向樓層指示。

那是很妙的燈號。電梯最上方是方形的數字顯示，左邊是三，右邊是五，而此時燈亮的地方……一半在三、一半在五。

徐巧巧看著那詭異的亮燈方式，不由得在心裡問了自己，那樣顯示……是四樓的意思嗎？

「巧巧！」雯蓁已經嚇得魂飛魄散，緊勾著她的手臂不放，連臉都埋進她肩後了。

「故、故障了啦！」徐巧巧假裝鎮靜，伸出顫抖的食指往緊急鈕按去。

怎麼按，都聽不見任何聲音，取而代之的……是她們現在最不願聽見的聲音：叮！

是怎樣！徐巧巧嚇得往後退了幾步，直到靠上了牆，雯蓁根本縮在她身後，緊緊抱住她，連眼睛都不敢睜開。

徐巧巧不知道自己在抖、還是雯蓁在抖，總而言之，她現在全身上下抖個不停。

再怎麼害怕，電梯門還是開了。

不要怕！學長說過，看到也要假裝沒看見、就算跟她們說話也不可以理！

電梯門緩緩開啟，首先讓徐巧巧看到的，是一根拐杖，還有一雙腳。嗯？有腳耶！那個好兄弟不是都用飄的嗎？

她視線往上移，見到一個女孩子，右腳裹著石膏，撐著拐杖，很吃力的往電梯裡走來。

「雯蓁！是人啦！」徐巧巧用力扯了扯身邊的人，「是一個可愛的病患喔！」

嗚……雯蓁偷偷的睜開一隻眼睛，果然看見一個一臉錯愕的女生，正跟她們面對面，呆呆的望著。

「妳怎麼還沒就寢呢？」徐巧巧趕緊扶過她，「要到哪一樓？」

雯蓁一點都不敢往前走，她還是覺得很奇怪，難道巧巧沒有發現，剛剛女孩進來的那一層樓很奇怪嗎？

她雖然躲在她身後，還是有偷看一點點，那兒烏漆抹黑的，即使看起來是醫院的走廊，但為什麼透出深藍色的光？醫院的走廊再怎樣都是燈火通明，不可能會暗成那樣。

而且，樓層顯示燈也停在非常詭異的地方啊！

「怎麼辦？我好怕喔！」病患突然出聲，就是哽咽的聲音。

「嗄？妳怎麼了？」徐巧巧趕忙攙住她，「發生什麼事了？跟我說！」

女孩用力搖著頭，淚如雨下。「門打開了，大家都好兇……每個人都不想繼續待在這裡……」

啥米碗糕？徐巧巧有聽沒有懂，很認真的看著哭泣中的女孩。

「妳放慢速度講，我聽不懂……」

這個時候的雯蓁，突然看見了什麼，臉色一白，整個人腿都快軟了！伸長了猶豫的手，意圖攀住徐巧巧的衣服。

「巧巧……」她氣若游絲的開口。

難道巧巧沒注意到嗎？那個女孩子、她的腳、她的腳上……

「那個女生會受傷的！」女孩子忽然激動的抓住徐巧巧的衣服，「妳一定要幫她、雖然我應該要趕她走，但是我、我不忍心傷害她！」

「我、我要幫誰啊我？」徐巧巧傻了，這女孩難道是來看精神科的嗎？「妳能不能慢慢講給我聽呢？」

「已經沒有時間了啊！」女孩子突然歇斯底里的尖叫起來。

她的尖叫如雷貫耳，彷彿有針刺進了耳朵裡一樣！徐巧巧痛得掩起雙耳，她無法形容那聲音在腦子裡亂竄的感覺有多噁心！雯蓁雙腳癱軟的蹲了下去，雙手也緊摀住耳朵不放。

緊接著電梯又是一震，這次連徐巧巧也不住的踉蹌，她向後撞上了牆壁，不可思議的看著眼前的女孩，然後失去重心的也跌上了地。

在電梯裡的燈光滅掉之前，她終於看到了女孩子的雙腳。

她的右腳，裹著石膏，她的左腳腳踝，繫著一圈環。

那是太平間裡，往生的大體戴的身分識別環！

那一瞬間，徐巧巧突然想起來，剛剛那個女孩子是誰了！她就是前幾天才往生的 513 女孩——莊恬真！

燈光明滅只有須臾，一秒鐘後電梯又亮了起來，裡面只剩下徐巧巧跟雯蓁兩個人蹲在地上；電梯正常的往下降，燈號也輕鬆自在的一號一號往左跳。

到一樓的門開啟時，兩個護士依然呆愣在電梯裡頭，臉色蒼白。

先回神的是徐巧巧。因為門口站了兩個資深的醫生，非常不悅的看向她們兩個，所以她顧不得其他，先拉了雯蓁離開。

走出電梯外後，她耳朵還有一點點痛，覺得有耳鳴似的嗡嗡叫著，非常的不舒服。

「妳……看見了嗎？」雯蓁顫著音說了，「她、她的腳……」

「會不會……只是惡作劇？」徐巧巧也止不住發抖，想給這一切一個合理的理由。

「巧巧……她不見了啊！」雯蓁迸得就哭了出來，「那個女孩突然就不見——唔！」

徐巧巧趕緊摀住她的嘴，她知道雯蓁快崩潰了，但是讓她在病患面前喊出那種話，只會造成人心不安罷了。

要講私下偷偷講就好了，她也嚇死了，但是該盡的責任還是得盡！

像現在得拿了東西回五樓……嗚，要走樓梯還是坐電梯啊！

雯蓁禁不住的發著抖，根本連一步都走不動，一樓其他的護士看了也覺得奇怪，不由得紛紛湊了過來。

「雯蓁……大家在看了！」徐巧巧壓低了聲音，「剛剛那個搞不好是我們眼花，妳不要亂說喔！」

「怎麼可能會眼花？」雯蓁哭著，巧巧也太會自欺欺人了吧？

終於有人過來關切了，徐巧巧哪敢說出實情，她壓根兒不想承認那是事實好嗎？雯蓁抽抽噎噎的乾脆不說話，護理站的資深護士嫌煩，打了通電話上五樓，叫小白下來管管他的組員。

所以兩分鐘後，小白下了樓來，沒好氣的跟大家道歉，然後把這兩個實習護士逮進電梯裡；進入電梯時，她們兩個下意識的緊勾住小白不放，他一開始嚇了一跳，後來才發現兩個女孩真的不對勁。

「說吧！到底是怎樣？」回到五樓，小白把她們帶進護理站裡問。「雯蓁，妳不要再哭了！」

「嗚……好可怕！」雯蓁劈哩啪啦的把剛剛在電梯裡遇到的事，全說了一遍。

小白越聽眼睛越圓，他皺起眉頭，緊抿著唇，像是沉思一樣。

「怎麼辦？學長！你跟我說就算看到了，也要假裝沒看見、或是不要出聲，但是我跟她交談了耶！」徐巧巧總算開始慌亂，「而且我們還對話耶！」

「妳們兩個！」小白操起硬資料夾，各往她們頭上敲了一下，「睡眠不足還敢給我編故事！」

「我哪有！」徐巧巧叫屈，她真的看到了！

「就算有，也當作沒有！」小白語重心長的嘆口氣，「妳們這麼在意，怎麼值大夜？現在才十一點多，要撐到早上八點耶！」

「而且……還要巡房？」雯蓁快昏過去了。

「當然，該做的事都得做……有幾個一定要特別注意的病患得看。」小白若有所思的頓了頓，「徐巧巧，妳確定那個女孩是之前往生的女生？」

徐巧巧用力點著頭，她最關心莊恬真了，怎麼會認錯？一開始她走進來時，她的確有點茫然，但是那是被電梯的異狀嚇到的！

「確定有戴環？」

兩個女生更用力的點頭。

「這樣啊……她跟妳說了什麼？」

「……」徐巧巧一臉無辜，「可是學長，你不是叫我不要在意？」現在還要她講！

「叫妳講就講！」有夠不會分狀況的！

「就什麼傷害不傷害的……說什麼她想傷害誰又不能傷害誰，還有誰會傷害那個女孩還是誰……」她被嚇得傻傻說不清楚，更別說那個「好姊妹」講話也超級語無倫次的！

小白完全聽不懂徐巧巧在說什麼，根本是在說繞口令，聽不出個頭緒！他的指頭在下巴點啊點的，沒有一分鐘，他就站了起來。

「好！今天每個人都要抽空巡 513，特別加強巡邏！我會去找媚媚跟瓶子說！」

徐巧巧跟雯蓁緊抱著，不禁狠狠的倒抽了一口氣——這是什麼決定啊？要是進去房間，又遇到那個女生怎麼辦！

「怕的話兩個人一起去。」小白從容自若的往外走，「我要去交代其他人了，妳們兩個有一堆事還沒做，等一下還要寫紀錄！別打混！」

「學長！」徐巧巧緊張的叫住他。

小白回首，一點都沒在怕的模樣。

「你不怕嗎？」她皺著眉，三魂七魄都快被嚇飛了。

「怕啊，為什麼不怕！」小白講話超級沒說服力，「但難道妳要因為害怕就不做這份工作，或是疏忽巡房害哪個病人出事嗎？」

兩個護士聽了，遲疑的搖了搖頭。她們想做的就是輔助醫生，拯救人命的工作。

「那就對了，拿出妳們的熱忱！再怎樣也不是妳們害他們的，妳們說不定還照顧過他們呢！」小白不知是樂天還是沒神經，大方的走了出去。

徐巧巧跟雯蓁只有對看一眼，祈禱不要再遇到任何奇怪的事，硬著頭皮……她們得開始巡房了！

懷抱著戰戰兢兢的心情巡房，卻沒有再發生任何奇怪的現象，儘管如此，雯蓁還是無法專心，去哪兒都要跟巧巧一起。

小白沒多說話，知道有人膽子小，硬要讓她一個人落單，只怕結果更慘，他可不希望有護士突然嚇得魂飛魄散，在走廊上驚叫，嚇醒所有病患。

時間越晚，雯蓁明顯的更加驚慌，明明連十二點都不到，她業已進入草木皆兵的狀態。

五樓的格局很簡單，像是一個概略的Z字形，護理站剛好是在似L形的轉角，往右則是另一條長廊病房；直直對著的是主要通道，左邊是病房、右手邊則是電梯及樓梯，而直走到底的右手邊角落，就是現在令人聞之喪膽的513病房。

走到了底向左還有另一條走廊，組合起來就像個Z字形。

在巡房時，有時候在轉角處，媚媚或瓶子學姊剛好從對面病房走出來時，雯蓁都會嚇一大跳！

「嘿！」在右轉的走廊上，雯蓁才因為差點叫出聲被媚媚學姊瞪了一眼。「我聽說嘍，妳們在電梯裡遇到『那個』……」

「噓！」徐巧巧連忙要學姊閉嘴，「我好不容易快忘記了，不要再說了！」

「真的假的？確定是之前的女生嗎？」不知何時，連瓶子學姊也來湊一腳。

雯蓁根本不想想起這個問題，但卻又不敢走開，只得縮著頸子在旁站著，努力讓自己不要聽見！

「我想應該是她啦！」徐巧巧也起了雞皮疙瘩，「我希望是幻覺，不要提了！」

「我也希望！」媚媚跟瓶子兩個人異口同聲，在這裡一年多，怪事不是沒遇過，但頂多是有莫名其妙的電話、模模糊糊的人影，從來沒有像徐巧巧的「親身體驗」。

四個人面面相覷，突然不知道該接什麼話題，沒人想再提相關的話題，最後是瓶子先出聲，大家才各自散開。

徐巧巧她們走向電梯斜前方的510號房，這裡住了四個病患，有兩個人怕黑，所以要求開小燈，她們同意病患將小夜燈放在地板上，至少不會影響到其他人；所以當她們打開門時，就會發現四張用簾子圍起來的病房，有兩個散發微弱的光芒，像方形的小燈籠一樣。

這兩位小夜燈病患，剛好需要換點滴，所以她們輕聲的靠近。來到最後一個病患旁邊時，徐巧巧更換點滴，而雯蓁負責記錄病歷板，病患睡得很安詳，嘴角還帶著淺淺的笑。

徐巧巧輕輕一瞥，看見櫃子上的小鬧鐘，剛好分針往前一格，穩穩的站在十二的正中央，子夜十二點。

呼！她的器械還沒全消毒完畢呢，最可怕的紀錄也還在等她，離下班還有八小時，她怎麼突然覺得時間不夠用？唉！她最討厭寫紀錄了，而且還要……嗯？

突然間，低著頭的徐巧巧，注意到她的正對面好像有個人站著。

雯蓁不是在她右手邊嗎？她狐疑的抬首，赫然見到一個白髮蒼蒼的老婆婆，穿著棉襖似的紅色衣裳，穩穩的站在她面前！

「雯、雯……」她伸出手，抓住右邊的雯蓁。

雯蓁早就已經雙手緊摀住嘴，嚇得全身動彈不得了！徐巧巧看著老婆婆，婆婆一臉慈祥的望著睡夢中的病患，這個病患是車禍進來的，四十五歲的女性，仔細瞧，徐巧巧發現她跟老婆婆有些神似。

身邊的雯蓁掐住她的手臂，痛得她差點尖叫出聲，她看向雯蓁，卻發現……原來雯蓁看的跟她是不同的方向，床尾還站了另一個老公公！

媽呀喂……現在是怎樣啊！

簾子因她們的進入有個小出口，從這號床望出去，可以瞧見對面床的病患，那也是一個小燈籠，只是……為什麼她們看見對面床邊站了好幾個人影！

『噓！』老婆婆忽然看向她們，食指貼在老皺的唇上，『妳們別叫，會吵醒她的！』

徐巧巧用力嚥了口口水，學長說什麼來著？不要對上雙眼、不要回應，不要讓他們知道她看得見他們？問題是人家老婆婆好像就知道她們看得見啊！

她點了點頭，又發現左手邊出現第三個『人』……

『妳們快點出去吧，我們不歡迎妳們！』老婆婆皺著眉，嚴厲的說著。『出去後就不要進來了，一個都不許妳們再進來！』

為什麼？徐巧巧瞪大了眼睛，為什麼他們可以這樣說？

『妳們做了什麼自己不知道嗎？』彷彿聽見她的問題般，床尾的老公開了口。『現在所有的守護者都進來保護自己的子孫，妳該知道事情有多嚴重了！』

守護者？徐巧巧不由得往對面床看出去，那一圈人影是那個病患的……祖先？

『門打開了，我們也才可以進來那麼多個……這也算是好事。』老婆婆朝著徐巧巧揮了揮手，『快點走吧，別連累我們的子孫！』

餘音未落，所有病床的簾子忽地騰空向上飛起，徐巧巧跟雯蓁親眼看到每一張病床旁邊，都站了一大群人！

其實在黑暗的微光當中，她們都親眼瞧見了每個『人』蒼白的面孔，還有帶著怒意的眼神，全瞪著她們兩個人！

她、她、她們是救人的護士耶！半夜你們的子孫睡不著按護士鈴、肚子痛按護士鈴、傷口疼也按護士鈴，就連頭髮癢都按護士鈴，她們哪一次不是不辭辛勞的過來幫忙，怎麼可以這樣啦！

『出去！』對面床所有的「守護者」，衝著徐巧巧她們大吼起來。

『出去！出去！』緊接著，所有人都開始大吼，並且一步步的逼近她們！

雯蓁尖叫不已，卻沒有聲音，她哭得涕泗縱橫，連點抽噎的聲音都發不出來，徐巧巧猜想，這些好兄弟姊妹阿公阿嬤們，大概不想吵醒到自己子孫吧……

她們被一步步往門口逼，天曉得她連走都走不穩，看著那些一看就知道不是人的半透明身影逼近，她真不知道自己怎麼走得動！

然後，她們背對著的門自動敞開，下一瞬間，她跟雯蓁就被推了出去！

「啊！」雯蓁摔在地上，徐巧巧跟著壓上去。

兩個人疊在一起，狼狽的摔在走廊上！

「怎麼了？」剛好在廊上的媚媚走了過來，不懂為什麼這兩個人連走出一間病房都莽莽撞撞的。「妳們搞什麼，連路都不好好走！」

「不……不不不……」不是啦！是這間病房裡……徐巧巧站了起來，發現門已經被關上了。

她應該再進去一次嗎？嗚……還是、還是不要好了！

不是啦，是她們根本不該值大夜的！

雯蓁整個人已經失神了，兩眼發直的瞪著地板，整個人抖個不停，喃喃唸著細語，任憑徐巧巧怎麼搖她都沒反應！

「搞什麼？雯蓁？」媚媚反而被她那模樣嚇呆了，不安的感覺頓時竄了起來。

就在氣氛正詭異的時候，走廊屋頂上的白色日光燈，突然啪嘰的跳動起來，那景象讓徐巧巧繃緊神經，這種閃爍方式，別說跟鬼片類似，拿她剛剛在電梯裡遇到的情況來說，就是一模一樣了！

電燈閃了幾下，又恢復了正常，只是整條走廊假設有十盞日光燈，卻只亮了三分之一。

「不會吧？其他燈是怎樣……」媚媚覺得呼吸困難，開始環顧四周。

然後，身後突然出現了足音。

她們趕緊回首，原本以為是瓶子，因為那是有點鞋跟的聲音，今天只有瓶子穿矮跟鞋；結果她們看見一個影子斜斜的映在正前方的牆上，那個足音正從左方走廊逼近。

「瓶子學姊走路有那麼大聲嗎？」徐巧巧忍不住問了，「不怕吵醒病患喔？」

「我覺得不太像……」媚媚搖了搖頭，那足音真的不像大剌剌的瓶子。

餘音未落，一個白衣護士自走廊另一頭轉了過來，那是個身材窈窕的護士，她盤著頭髮，有一張很漂亮的臉龐，但並不是瓶子。

最奇怪的是，她不是她們所認識的任何一個護士，也不是這層樓的小組人員。

「媚媚學姊……那是誰？」徐巧巧才來三星期，不確定認識每一個人。

「我不認識啊！」她反問了徐巧巧，「是實習生嗎？」

徐巧巧輕輕的晃著頭，眼看著漂亮的護士已經走近了她們，她們還是不認得那張臉蛋。

媚媚決定親自打招呼，就在她對那護士舉起手時，身後的電梯突然叮的一聲，刺破她們緊繃的神經。

「唔——」兩個精神正常的女孩子不約而同跳了起來，但沒忘用手摀住嘴巴，沒讓尖叫聲竄出，以免吵到人！

雯蓁一樣抖著，只是她的頭像吸毒者般開始變得搖頭晃腦，兩眼跟死魚眼一樣漸而向上翻。

「來了……來了……」她碎碎唸著，但是徐巧巧跟媚媚沒在聽。

她們轉向對面的電梯，電梯門業已開啟，她們站的這一區早已失去了光源，顯得昏暗，也使得電梯裡透出的光，格外的刺眼。

而且，徐巧巧覺得，真的透著淡淡的藍色？

門完全開啟，徐巧巧瞪大了眼睛，因為裡面沒人，有的是一台空著的輪椅。

「搞什麼？」媚媚皺著眉，是哪個人把輪椅推進去，還按樓層的！

「這是叫我們收輪椅的意思嗎？」徐巧巧搞不清楚，她沒遇過這種狀況。

「可能吧……」媚媚也沒遇過，但覺得這舉動超不負責任！

一股壓力自右前方逼近，媚媚飛快的回首，看見那陌生的護士已然站在她面前，與她們面對面。

「嗨……」媚媚擠出一絲笑容，這個護士是很正，但是為什麼……臉白得像那個一樣？

護士微微一笑，徐巧巧趁機看她的名牌，發現學姊叫做「趙泉如」。

「學姊……請問您是負責哪層樓的？」徐巧巧眨了眨眼，邊把雯蓁往媚媚身邊靠，因為她得去收輪椅。

趙泉如瞥了她一眼，勾起一抹深深的笑容，不知道怎麼回事，她那一笑，讓徐巧巧全身迅速發冷。

緊接著，她一揚首，對著電梯那兒一笑。「詹伯伯，出來逛啊！」

詹伯伯？徐巧巧跟媚媚不由得狐疑的對望一眼，然後順著趙泉如的目光往電梯那兒看去，現在都幾點了，任誰都不可能在外面逛！

一回身，她們就後悔了。

因為那台剛剛應該在電梯裡的輪椅，此時此刻已經離開電梯，停到了電梯外頭。

沒有其他人……徐巧巧喉頭緊縮，現在這條走廊上，除了她們四個護士外，沒有任何一個人！就連尾端的護理站內，也沒有人留守，更別說那兒到電梯的距離，還沒比她們近。

這樣短暫的時間、她們四個人都站在這裡，會有誰去把那台輪椅給搬進來！

更別說……根本沒看到什麼詹伯伯啊！

趙泉如從容的移動腳步，矮跟鞋在地板上叩叩響著，她走到輪椅邊，眉開眼笑的彎下腰。

「詹伯伯，想去哪裡逛呢？」

她、她、她是在跟誰說話啊？媚媚急忙往徐巧巧身邊靠，她們兩個緊偎在一起，雯蓁依然低垂著首自言自語。

那台輪椅當然沒有回應，可是，那輪子卻突然顫動一下，緊接著便開始轉圈，自己往護理站的方向前進！

「哇呀呀——」媚媚再也忍不住，失聲尖叫起來！

她的驚叫聲劃破了所有緊繃著的神經，徐巧巧也顧不得什麼病患了，跟著叫出聲來，拽著雯蓁往就近的牆邊靠。

而趙泉如呢，她聽見她們的尖叫聲，緊皺著眉頭回首，不悅的對她們比了一個噓。

「小聲點，妳們在幹嘛？」她怒目相向，雪白的背部竟開始滲出紅色。「萬一吵醒大家怎麼辦？」

媚媚叫得更大聲了！

因為趙泉如的頭是轉了一百八十度，直接回過頭來看著她們的。

情況終於失控，媚媚慌張的衝向徐巧巧才離開的 510 房，不管會不會吵到病人，就是急著要進去找庇護！

她的手按在門把上，卻……卻怎麼也轉不開！

「開門！開門！」媚媚驚慌失措的敲著門，然後往 509 號房衝，一樣不得其門而入。

徐巧巧站在原地發愣，她想起剛剛在 510 病房裡得到的警告，那婆婆說，不許她們再進來……守護者全到了，怎能讓任何人侵入？

所以，媚媚學姊，任何一間房都打不開嗎？

「啊啊……」身邊的雯蓁，突然用力一顫身體，翻白的眼恢復過來，怔然的望著牆壁，然後看向她。

「雯蓁？妳還好嗎？認得我是誰嗎？」徐巧巧舉起手在她面前晃，她真的很想關心她，但是她的大腦空間不足！

「哇啊！啊啊啊——」雯蓁一恢復意識，叫得比媚媚學姊還誇張。「鬼！鬼！全都是鬼——」

她甩開徐巧巧，拔腿就跑，跑到了角落間，掠過了 513，直接往左邊的 514 去，效法媚媚想推開門，但情況如出一轍，這條走廊上的門一扇也打不開。

徐巧巧突然覺得，就算彎向左邊的廊道，恐怕也沒有一間房間打得開。

矮跟鞋聲還在叩叩作響，鬼學姊已經站在護理站前，雙手攤開，很像在看病歷，雖然她手上完全沒有東西；她那應該白淨的護士服背後，已經全是鮮豔的紅色，最令徐巧巧作嘔的在於，她一路走過的「痕跡」。

不知道是什麼，一塊塊從她背後掉下來，燈光太暗，她覺得很像肉塊，一塊肉和著大灘的血，就在她後面一路掉。

徐巧巧沒勇氣往前探，唯有她卡在原地，看著媚媚已經往前挑到不知道第幾間病房，礙於鬼學姊在前面而不敢靠近；身後的雯蓁向左廊之後，又衝了回來，兩個人都是一臉的歇斯底里。

果然，沒有一間房打得開……因為，那些守護者知道有什麼東西在，所以、所以不會讓任何人進去對吧？

哭泣聲開始傳來，雯蓁又狂亂的尖叫著，無力的蹲在地上。

鬼學姊突然轉過身瞪著她們，她的眼神跟徐巧巧一對上，徐巧巧就知道不對了！

那眼神好兇惡，兇惡到她覺得她繼續站在這裡，可能會出事？

果不其然，鬼學姊一個旋身，又不知掉下了什麼，而她瞇起雙眼，怒氣沖沖的朝著她們走過來。

「媚媚學姊……」徐巧巧開始後退，一邊喚著媚媚，她最好也不要離鬼學姊太近比較好。

媚媚瞧見鬼學姊開始逼近，就算腿軟還是嚇得站起，往徐巧巧身邊跑，她們再一起往後退……鬼學姊的腳步越來越快，快到她們幾乎以為她隨時會飛起來！

她們面對著鬼學姊，向後快步的退著，一直到撞上了514病房的牆，撞上了在腳邊大喊的雯蓁。

「怎麼辦……怎麼會有這種事！」媚媚開始打起自己的臉，「這一定是幻覺！這是夢！醒來！我要醒來！」

「沒有一間房可以開……沒有……」雯蓁喃喃唸著，哭喊到喉嚨都快乾了。

鬼學姊開始笑了起來，漂亮的臉龐逐漸轉成龜裂的青綠色。

為什麼沒有別人在？瓶子學姊！小白學長，誰都好，到底有誰——

「啊呀——」

響徹雲霄的驚叫聲，突然從她們的左手邊傳來。

徐巧巧愕然的往聲音的方向看去，只看到門板上那發光的「513」。

「救命！誰、誰——」那尖叫聲持續，緊接著她聽見了護士鈴的聲響。

幾乎沒有遲疑的，徐巧巧拉著媚媚跟雯蓁，往513號房衝了進去，衝進去前，她沒忘記按掉門外的取消呼叫裝置。

輕鬆一推，門輕易的被打開了。

她們進入了 513 號房。

※　※　※

一切都是因為聲音。

她真的覺得很吵，從住進這裡之後，就一直聽見一堆聲音。她搞不清楚是隔音太差，還是外面有人說話很大聲，總是聽見有人交談的聲音，有時候又清楚的像是在她耳邊喊，可是每次驚醒往外瞧時，還是只有她一個人。

後來還聽見腳步聲，煩死人了，一下是沙沙的聲音，一下子是重足音，最讓她厭惡的是拐杖聲，她現在最討厭聽到拐杖聲！用不著提醒她是個殘廢！

她氣死了，所以請下午來看她的同學買副耳塞來，讓她清靜清靜。

她不想要任何人的同情，所以只讓她信得過的同學來看她，連爸媽她都不想見，所以拒絕晚上任何人陪她。

反正她這輩子註定是個瘸子，她認命，但是她需要時間調適，不要任何人多餘的安慰！

晚上戴上耳塞，原本以為可以好好睡，她卻發現有哭泣的聲音，簡直是如雷貫耳。

所以她氣得扭開燈，卻依然只看見自己的影子映在牆上，病房裡沒有其他人！正當她又疑問又氣憤時，終於又讓她聽見那哭聲，準確的從隔壁床傳來。

她用力掀開簾子，想哭的人多的是，她也很想哭啊，但哭到眼睛瞎了，她也不可能再跑步！所以她要拜託對方能不能哭小聲一點？

隔壁床邊站了一個女孩，她掩著臉，抽抽答答的哭著。

「妳哭小聲一點可以嗎？別人還要睡覺！」都幾點了？

女孩放下手，望著她的眼神裡充滿悲傷。

「妳腳受傷了？」床友莫名其妙的看著她的腳。

「車禍。」她淡淡回應著，一場突如其來、逃不開的命運。

「我也是……而且我的腳斷了，以後再也不能跑了！」床友說得聲淚俱下，她聽得很是訝異。

「妳……也是跑步的嗎？是哪間學校的？」她不認識床友，所以不會是同校的，住在同一所醫院表示可能有地緣關係——等等，她怎麼好像忘記一件重要的事情……

「我好怕！好可怕喔！」床友迸出這一句。

「嗄？怕什麼？」她狐疑，側了首看向她。

正當床友要開口時，外頭竟傳來震耳欲聾的尖叫聲，把她嚇了一大跳，差點沒從床上滾下來——如果她的腳沒被架著的話！

有沒有搞錯？這裡是醫院，而且三更半夜的，誰在外面亂喊亂叫？她疑惑的把床升起來，趁勢看了一眼床友，只見她蒼白著臉，全身發著抖，往外頭看。

「不要怕，可能是精神病患或是誰做惡夢在亂叫吧？」她自己這兩天也一樣，睡不穩，常夢見車禍那一瞬間，總會在自己的尖叫聲中驚醒。

夢裡也是有好事的，像她就狠狠的海扁酒醉的肇事者一頓，感覺還挺舒暢的！

外頭的尖叫聲不止，而且此時此刻，一個比一個還歇斯底里，她有點氣惱，不管如何，聽起來都有兩個人以上，護士在做些什麼，為什麼任他們吵鬧不休？

緊接著她聽見奔跑聲，一開始以為是護士跑來阻止，誰知道她卻聽見撞門聲、敲門聲，一間又一間，離自己很近、然後漸而遠去，這些聲音重重疊疊的，開始讓她覺得外頭好像發生了什麼事情。

「好奇怪……護士呢？」她自言自語的。

「她們就是護士。」床友開了口。

「什麼？護士大半夜在走廊上尖叫？」她有點不可思議，「這太誇張了吧！我要申訴！」難得有耳塞，卻直接被護士吵瘋了！她伸長了手，拿下護士鈴。

「沒有用的。」女孩幽幽的說著。

她看向她，覺得這女孩真是莫名其妙，就是有太多姑息的作為，才有人不懂得改正！就像撞到她的那個駕駛一樣，喝酒不該開車，宣導了多少年，肇事的一樣一堆，賠錢了事，下次喝了酒一樣再上路！

「沒有人聽得見的……」床友突然往前傾了身子，向她走近，「因為情況已經不是她們可以掌控的了。」

床友開始往前走，發出奇怪的聲音，她的視線下移，發現女孩拄著拐杖。

她暗暗握拳，看見拐杖伸出、撐著地，女孩往前一步；拐杖在右邊，所以她的右腳……她沒有右腳。

正確來說，右邊腰部以下，什麼都沒有，乾乾淨淨，空空如也。

不會有人腰部以下什麼都沒有的……一瞬間，她像是領會到什麼一樣。

「我好怕……他們好可怕！我不想害妳、可是我也不想待在這裡！」女孩又開始哭，這一次，血和著臉上的肉，一起滑落臉龐。「誰叫妳要在這裡、誰叫妳佔了別人的位子！」

她瞪大了眼睛，眼尾餘光瞧見病房的其他角落，一瞬間跑出了沒有看過的人！

他們幾乎是瞬間出現、又瞬間逼近，不及一眨眼的時間，像移形換影般來到她眼前。

「啊呀——」

她難以控制尖叫出聲，跟著按下了手中的護士鈴！

徐巧巧一手拽一個人，幾乎是撞進來的！當她推門而入時，彭宛華還以為見到了救星！不過，徐巧巧一進來就飛快的回過身子，把門關上，甚至鎖了起來，另一個護士小姐則是搬過椅子，以椅背上緣抵在門把下頭，由內卡死這道門！

這敢情好，為什麼她一點都不覺得她們是救星？反而像逃進來的？

「妳按護士鈴嗎——哇呀！」徐巧巧跳了起來，整個人往椅子上撞，這裡頭也有？

她們辛辛苦苦好不容易找到一扇可以進來的門，就是為了逃開外頭那可怕的鬼學姊，怎麼裡面不只有別的，甚至還多出五位以上！

等等……為什麼唯有這間房間進得來？

徐巧巧這才恍然大悟，這間是大家避之唯恐不及的 513 號病房！

她們現在進退兩難，門外是可怕的鬼學姊，裡面是一群陌生鬼魂，逃也不是；留著也不是！

圍在彭宛華病床邊的鬼為數不少，他們個個帶著詭異的目光瞧著她們，透露出一種彷彿她們不該出現在這兒，或是請立刻滾開的眼神。

徐巧巧好想按照小白說的，不要跟他們打交道，可是這些好兄弟看起來來意不善啊！

『滾開！』一個大學生樣的男孩站在床尾，用力搖著彭宛華床尾的欄杆咆哮著。『妳給我立刻滾下床！』

『對！滾！這不是妳的床！』這次指著彭宛華大吼的是一個阿桑，她猙獰的姿態彷彿想殺了她。

「走開！這些是什麼？惡作劇嗎！」彭宛華無法動彈，她的腳被懸在半空中，連想要後退都不可能！

「不是……」徐巧巧很為難的看著她，指了指那大學生。「妳看他的樣子，應該不像是……人吧！」

當然，因為那男孩的頭只有一半。

「不！怎麼會有這種事！救命……救命！」彭宛華拚命按著護士鈴，雯蓁卻突然衝上去，一把扯掉她的護士鈴！「妳做什麼！」

「外面有個鬼學姊在等著，妳按護士鈴是希望她進來嗎！」雯蓁哭號著，死命的扯掉鈴聲的線路。「我不要她進來、我不要……」

圍著的鬼病患們，持續的叫嚷，說的不外乎都是那些話，就是要彭宛華滾開或是離開那張床的話語；她驚恐不已，但是她發現再害怕，她哪兒也去不了！

而且那三個護士，根本釘在那兒，誰也不敢動！

不過沒幾分鐘，徐巧巧很快的發現那些好兄弟們對她們沒有敵意，便扣著媚媚的手，往床邊靠近。

因為，那群惡鬼再兇狠、再猙獰，卻沒有人真的對彭宛華做些什麼？

雯蓁好像早發現了這一點，才貼著病床不走。厚！發現了幹嘛不講一聲啦！

「為……為什麼？」突然間，媚媚像看到什麼東西似的驚訝。

「什麼？」她們來到床邊，彭宛華早緊揪雯蓁的衣服。

「那不是泊昊嗎？那個阿姨是肉羹姨……很壯那個是劉先生？」聽著媚媚一一點著人名，徐巧巧也終於正視了那些瘋狂叫囂的鬼病患們。

是啊，她照顧過他們，怎麼可能忘記？僅僅近一個月的事而已，所有人的臉依然歷歷在目。

眼前有八個人，如果再加上電梯裡遇上的女孩……

「這個月……」雯蓁也怔怔的唸了出來，「往生的九名患者？」

三個護士不約而同的看著圍著床的八個鬼魂，他們聽見自個兒的名字，也緩緩的轉過了頭，與她們相望。

雖然每個人都帶著一些「殘缺」的死狀，但是她們還是認得出來，那八位早已往生的患者。

「小護士……」肉羹姨晃動著身子，她的右手手肘以下只剩下骨頭，沒有手掌，上頭的碎肉殘渣還黏在骨頭上，大家都記得，她是右手燙傷住院。

最後也是嚴重感染導致併發症死亡。

她幾乎都是雯蓁照顧的，所以她晃盪著身子，移動著肥胖的身軀，硬是往她們三個人擠了過來；面對肉羹姨的逼近，徐巧巧不由得嚇得往後退，空氣中瀰漫的惡臭，叫人好想吐喔！

「幹嘛！妳走開！」雯蓁退無可退，巴著床頭，拉著彭宛華。

肉羹姨用僅存的左手，啪的抓住了雯蓁。

「幫我……把她趕下來。」她張嘴說著，無數蛆蟲從她嘴裡鑽了出來。「這不是她的床……」

「哇啊！哇啊——妳放開我！放開我——」雯蓁看著自己被抓住的手，依然只會歇斯底里的喊叫。

所有的鬼病患們開始鼓譟，他們抓著床，開始用力的移動病床，像是打算把彭宛華給翻下床似的！

她動不了啊！她緊抓著床頭的欄杆，懸掛的腳在半空中劇烈晃動，萬一咚的掉下來，她說不定會先痛死！彭宛華第一件做的事是把點滴管拔掉，她實在禁不起這種可怕的拉扯！

「救命！妳們不能阻止他們嗎！」彭宛華驚恐的大叫著，看著徐巧巧，她簡直像在坐雲霄飛車，隨時會被搖下來。

徐巧巧見到這種景況，不由得握緊了拳，看了一眼媚媚。

「我不敢……我動不了……」她淚流滿面，搖了搖頭。

「不管了！」徐巧巧一咬唇，奮不顧身的就往前衝去！

她先忍著噁心把肉羹姨的手從雯蓁身上拉開，再一骨碌跳上床去，蹲到床尾，扶住吊在半空中的石膏腳，然後順手拿起掛在床尾的病歷板，直接往大學生泊昊身上打去！

「走開！不要碰我的病人！」她拉著繩子，不停的四處揮動板子，掃過每一個熟悉的鬼魂們！

只可惜他們是鬼魂，根本不痛不癢，眼看著板子打上泊昊的前胸，輕易的劃開他胸前的肉，板子飛舞過劉先生的手臂時，也立刻切斷他的手。

徐巧巧很害怕，廢話！誰不害怕？但是她力量有沒有那麼大啊？只是甩板子而已，怎麼會讓他們受那麼嚴重的傷啊！

而且為什麼大家要找彭宛華的麻煩？為什麼要趕她走？難道這就是所謂的找替身嗎？他們要讓無辜的人枉死，以換得自己投胎的自由？

可是……徐巧巧蹲踞在床上，她沒遇過這種情況啦，但是為什麼所有的鬼都只會動這張床的主意？如果他們真的想要找替身的話，幹嘛不直接把彭宛華抓到地上去，好好的動手？

「他們不敢碰妳嗎？」徐巧巧回首看著臉色鐵青的彭宛華，好奇的問。

「我怎麼知道……是這樣嗎？」她被提醒，也終於注意到了。

「所以一群人圍在外邊，只想把床翻過來，逼妳下來啊！」啊哈！徐巧巧開始佩服自己的聰明才智了。「是為什麼硬要妳下來啊？」

「我怎麼會知道！我是病人耶！」彭宛華痛恨自己無法動彈，好像任人宰割似的！「我住院時不會想到有一天晚上我會撞鬼！」

「好好好……不要生氣！不要生氣！」厚，這個彭同學的脾氣比上一個女孩兒好多喔！

雯蓁躲在原地，媚媚也站在一邊，雖然她們切實的撞鬼了！但是沒有任何一隻鬼把注意力放在她們身上！她們只看見病床上的巧巧跟彭宛華，努力的阻止那些鬼碰觸到那張病床……儘管病床已經被移動到中間去了。

「媚媚學姊……」雯蓁虛弱的喊著，「那個……那個是什麼？」

媚媚順著她說的方向直直看去，房間裡陰風慘慘，所有的簾子都喀啦喀啦的飛舞著，越過二號床，在靠窗的三號床上，躺著一個穿著護士服的人。

媚媚倒抽一口氣，該不會是、是那個鬼學姊吧？

可是……她怎麼覺得好像有點面熟？「瓶子呢？瓶子為什麼都沒出現？」

「那個……是瓶子學姊嗎？」雯蓁連仔細看都不敢，「她之前好像真的是巡513房……」

媚媚喘著氣，顫抖著手伸進口袋裡，她小心翼翼的往前方看，其他人還在奮鬥中，現在一號病床已經到了中間廊道，床尾剛撞到了對面中間的五號床了，誰知道可以撐多久？

但是沒人注意她們，至少她可以拿出手電筒，緩緩的往前走，至少看一下瓶子有沒有事。

「學姊……」雯蓁哭著喊她。

「跟我來！」她用氣音說著，朝她伸出了手。

雯蓁死命的搖頭，她才不要去，萬一、萬一是那個鬼學姊怎麼辦？她好怕，她討厭值大夜！

媚媚不勉強她，現在得把握時間，她躡手躡腳的往三號床走，手電筒拿在手上，冷不防的打開它。

同一時間，正試圖把病床床腳搬起來的女大學生被那亮光吸引了注意，回首一瞥，瞧見了逼近三號床的媚媚。

她微微一笑，瞬間消失，只是沒有人注意到。

「瓶子！」真的是瓶子！媚媚緊張的探視脈搏，發現瓶子依然活著。「瓶子！妳醒一醒！」

昏迷的瓶子一動也不動，媚媚不想探究她是怎麼暈倒的，八九不離十，大概是被嚇昏的。

『翻——把床還給我們！』身旁傳來歡呼的聲音，媚媚突然一愣。

為什麼那些往生者無法安息？為什麼要把彭宛華趕下床？啊！她知道為什麼了！他們要的不是彭宛華，而是床位！

但不就是個以訛傳訛的傳說而已嗎？難道是真的？

「妳想起來了嗎？」

眼前的瓶子忽然睜開雙眼，對著她笑了起來。

「瓶子！妳醒了！」媚媚喜出望外，「等等……我先跟妳說，妳等一下會看到一些很不可思議的景象，千萬不要尖叫、千萬……」

「我當然不會尖叫。」瓶子坐了起來，以詭異的姿態扭動著頸子。「唉，還是有身體的感覺好。」

嗯？媚媚下意識的後退一步，什麼叫做有身體的感覺？

「我早該想到有這招的。」瓶子衝著媚媚，泛出猙獰的笑容，眼白翻了向上！

媚媚再度後退，不會吧……她眼前的難道不是瓶子？是……是誰……

「我是小娟啊，妳不記得我了嗎？」瓶子終於站了起來，但是她的手腳相當的不協調，每個關節都不服貼似的喀喀作響。

附、附身……媚媚已經知道，眼前的瓶子只是具身體，她被第三個往生的病患小娟附身了！

小娟用眼白看著她笑，雙肩高聳、雙手晃動，那雙腳移動相當困難，她是踮起腳尖，交叉般的往前走的。

那姿勢是說不出來的詭譎，一看就知道不是正常人類走得出來的！

「媚媚學姊！」徐巧巧突然大叫出聲！

一聽見巧巧的聲音，媚媚迅速回身，就朝聲音的方向跑去，顧不得那兒是不是站了一群更可怕的鬼，因為沒有一個比被附身的人更可怕！

鬼魂只剩七個，他們個個面露喜色，用盼望的神情瞧著踉蹌走來的瓶子。

「天殺的告訴我是怎麼回事！」彭宛華汗流浹背，她好幾次差點就掉下床了，要不是徐巧巧抱著她，根本不知道會發生什麼事。

對！她們都不知道接下來會怎樣，但是她們只知道，如果這些鬼要這張床，她們死都不會給！

「我們忘記換床了。」媚媚驚恐的抓住徐巧巧的手臂，「巧巧！我沒有交接這件事！」

「換床？」徐巧巧根本丈二金剛摸不著頭腦，她從沒聽過這件事啊！

「啊啊……以前的學姊有交代過我們，如果哪張病床有往生者，整理床鋪時要把床墊翻面！」媚媚的眼淚飆了出來，「可是我認為這是無稽之談，就沒有告訴妳們！」

「翻床墊？」徐巧巧錯愕極了，她真的沒聽過這件事。「妳是說，只要有人往生，那張床墊一定就得翻面嗎？」

媚媚用力的點頭，哭到說不出話來。

她們一年前來時，有學姊鄭重的交代她們，必須記得這件事情，只是順手翻一下床墊，不會造成多大的麻煩；她都嫌懶，換床單跟翻床墊是兩碼子事，明明就麻煩多了，何必浪費時間？

她們遇到的往生者不多，有時剛好在學姊監督下整理的，其他時候瓶子都會接手去做，她是個乖寶寶，都聽話的翻床墊；轉眼間新的實習護士進來了，整理床鋪這件事就不是她們負責的了。

她根本不信這種論點，翻不翻床墊對她們而言沒有什麼意義，今年她負責交接，自然並沒有把這件事交接給這一年的實習護士。

「我們沒有翻面過……」徐巧巧心虛的看著彭宛華，「513 病房的床墊從來沒翻過！」

「什麼意思？翻不翻有什麼關係？」彭宛華覺得自己好無辜，現在處在厲鬼索命的情況下，只是因為一張床墊？

「學姊說，如果不翻床墊的話，往生者就會認為下一個入住的病患，是在跟他搶床位，他們會不擇手段的搶回自己的床位！」媚媚哽咽的，把「聽說」給說完。

她真的不知道，這個禁忌是千真萬確的，而她從來只把它當笑話啊！

「不擇手段是指……」徐巧巧望著走近的小娟，「把下一個人殺掉嗎？」

「我不知道……我不……啊！」媚媚看見走近的小娟，連忙指向她，「她不是瓶子！她被小娟附身了！」

「我們看得出來……」彭宛華跟徐巧巧簡直是異口同聲，那種令人毛骨悚然的走路方式，活像從井裡爬出來的貞子。

雖然不知道為什麼這些往生者碰不著彭宛華，但是一旦附在瓶子學姊身上，她就可以輕而易舉的碰到彭宛華了吧！

「瓶子學姊！」徐巧巧突然大聲一吼，「請妳醒醒！」

「瓶子」沒有吭聲，她依舊掛著淒絕的笑容，用全白的眼白望著她們，然後冷不防的伸出手，直接箝住了彭宛華的右手腕。

「哇——」好噁心！彭宛華另一隻手緊握住徐巧巧。

「嗄呀呀呀——」只是下一秒，發出淒厲尖叫的卻是小娟，她像被電到一般向後彈去，空氣中還瀰漫出一股焦味。

徐巧巧已經擋到了前方，她試圖站在第一線，抵擋那個小娟的作為，也拜託媚媚學姊一定要注意病患的腳，千萬不能讓它二次骨折。

不能跑已經很可憐了，如果復健完全，她說不定可以跟正常人一樣走路……但是萬一再斷一次，只怕她一定要拄著拐杖瘸著腿了！

跌坐在地的小娟狼狽極了，她全身冒著汗，臉色轉成青紫色，顫抖的右手抬起，掌心冒出裊裊輕煙；床上的彭宛華也呆望著自己的右手，她手腕上留有她的抓痕，還有腕間那條灰色的手鍊。

徐巧巧居高臨下，瞧見「瓶子學姊」的掌心剛好是一顆顆石頭的樣子，擺明是被那條灰色石鍊子燙的！

「這是什麼？它可以避邪耶！」徐巧巧有點開心，指了指彭宛華手腕間的灰石頭手鍊。

「連附在瓶子學姊身上的小娟都會怕！」

「這……」彭宛華終於仔細看了那手鍊，卻是一愣。「是紫水晶手鍊，本來是。」

紫水晶？徐巧巧跟媚媚不由得仔細看了手鍊一眼，那怎麼看都是灰色的晶石，哪裡有呈現一咪咪紫色啊？

啊啊！自古以來紫水晶就可以趨吉避凶，一定是因為這裡都是惡鬼，所以那些水晶被污染了！

「這是哪裡來的，好靈驗！」媚媚抹著淚，她手上也有一條，怎麼沒什麼作用？

「我同學下午給我的……」彭宛華看著混濁的手鍊，若有所思。「他還跟我說，這是他祈禱過的，裡面有很多正氣。」

「嗄？」正氣？徐巧巧聽不太懂。而且她沒時間搞懂，因為瓶子學姊又站起來了。

她手中還握著繫在病歷板上的繩子，如果把瓶子學姊打暈……不知道學姊醒來會不會氣死喔……

可是如果不打暈的話，看著瓶子站近，徐巧巧心一橫，還是把手中的病歷板甩了出去——她可是對準頭的，瓶子學姊，對不起！

只是說時遲那時快，病歷板子打上了瓶子的臉頰，她整個頭往旁邊轉去……但是沒有如徐巧巧所願的倒下來。

她反而是緩緩的回過頭來，那翻白眼的眶裡佈滿血絲，而那塊病歷板，被她猙獰的牙齒緊緊咬住。

沒有用！沒有用的話，她應該要……徐巧巧內心一陣慌亂，而瓶子一陣難聽的尖嘯，雙手一伸，直接攀住徐巧巧的肩膀，準備把她往就近的窗戶甩出去！

「學姊不要！」徐巧巧嚇得花容失色，雙手下意識的一抵——

瓶子直直的騰空向後，往二號與三號床中間飛去，背部直接向上撞上天花板，又撞上下面的櫃子，緊接著摔上了地。

她摔上地板那一瞬間，有個影子從身體裡跳了出來。

死定了……徐巧巧整個人也摔下了床，瓶子學姊摔成那樣沒事吧……萬一有什麼萬一，她怎麼辦！

她狼狽的摔落地板，一隻手還攀在床上，吃力的站起身時，發現所有的鬼魂們，都已經距離這張床很遠很遠。

雯蓁不知道什麼時候，從剛剛躲著的角落跑了過來，再次躲在徐巧巧身後。

「護士……妳好像也很厲害耶……」彭宛華不由得讚嘆，她沒看過有人可以一掌就把人推到三公尺遠的天花板去，摔成那樣，不知道那位護士還活著嗎？

「我不知道耶……」徐巧巧有點錯愕，反覆看著自己的雙掌，她怎麼不知道自己力氣有這麼大啊？

小娟被彈出瓶子的身體之外，重新現身時比初見到時更加悽慘，她是因為胃潰瘍住院的，後來莫名其妙出現腹水現象，在抽腹水過程中，突然就斷了氣。

所以她的鬼魂呈現肚子腫大之姿，肚皮上有一個洞，有些水隨她的行動汩汩流出……而歷經附身之後的她，脊骨向前折成四十五度，她彎著腰、拐著腳現身，下巴還頂著那水腹。幾根肋骨也摔斷了，從胸腔穿刺而出。

要不是他們是駭人的厲鬼，徐巧巧認真的認為這是一個非常具有教育意義的解剖學課！每一位鬼魂身上都是見骨見肉的，他們走路時那肌腱都還在動，真實到沒話講！

所有護士都來到彭宛華的床邊，她們試圖把床移正，而那群鬼病患站得遠遠的，像是害怕徐巧巧一樣。

他們在三號床尾，開始瞪著小娟咆哮，彎著腰的她滿頭是血，一邊瞪著徐巧巧，一邊跟其他鬼魂們大吼大叫；沒有幾秒鐘，他們突然大打出手，一群鬼在那逕自打了起來。

這頭的徐巧巧她們，正維持最低調的動作，推著彭宛華往門邊去。

那個鬼學姊還在外面嗎？她們想要離開這裡了，在這裡待下去一定沒好事，而且……徐巧巧不安的看向走廊對著的那扇窗戶，為什麼那扇緊閉的窗戶，一直有風灌進來呢？

而且那兒的空氣流動好奇怪，不經意間，她總覺得會看到扭曲的空氣。

「現在怎麼辦？」媚媚壓低了聲音，盡量不去看那群惡鬼群架，拆解著彼此身上的骨肉。

「我想要一台輪椅，床就讓他們去搶。」彭宛華受夠了再在這裡坐以待斃。

「只是沒翻床墊，怎麼會有這種事！」徐巧巧終於開始哽咽了，「早知道我、我翻一百次都翻，就不會……」

「是我的錯！我沒有跟妳交接！」媚媚咬著唇，自責不已。

「可是……只有這樣嗎？」雯蓁哀怨的瞧著她們，「我總覺得沒有這麼單純……所有的鬼都出現，外面那個鬼學姊、輪椅上那個看不見的詹伯伯……還有所有病患的祖先都出現了！」

事情哪有這麼單純？因為沒有翻床墊，這些往生的人就出現，要把現在住的病患大卸八塊，只是要搶回自己的床墊嗎？那外頭其他的鬼魂要怎麼解釋？

雯蓁提到那些守護者，徐巧巧也認真思考婆婆說過的話，出動這麼多守護者，卻保護不住在 513 號房的兒孫，不是有點說不過去嗎？

這是否表示，現在在外頭閒晃的，不是平常在晃蕩的孤魂野鬼……所以祖先們封住了門，不讓他們進去、也不讓那些孤鬼混進去！

因為病患都是脆弱的，如果那些孤魂野鬼想找替身，沒有比醫院更好的地方了！

「我還是要一台輪椅。」彭宛華突然拉了拉徐巧巧，「我有手鍊，還有我同學下午給我的護身符，比待在床上任人宰割好！」

「輪椅在外面耶……」雯蓁嚇得發抖，外面除了有鬼學姊外，還有些什麼，都是未可知的啊。

媚媚雙眼看著趴在地上不動的瓶子，不知道她有沒有事？歷經那樣的撞擊，還會活著嗎？她連想都不敢想，只祈禱瓶子可以平安無事！現在的她們全都自身難保，今晚……可以躲過這荒唐的浩劫嗎？

「我去。」徐巧巧僵硬的深呼吸！

雯蓁根本不敢看巧巧，因為她是懦弱的、膽小的，她根本不敢出去，所以巧巧願意出去，那是巧巧的選擇。

「徐巧巧！」媚媚不由得擔心，她擔心的是她一個人出去不妥，更擔心她們這裡少了一個有力的人。

「我剛剛都可以把小娟震開了，我覺得我應該是比較強的！我去拿輪椅！」徐巧巧深吸了一口氣，「我一出去，妳們就把門關起來，我回來時會做暗號！」

是啊，巧巧現在是最強的，可以把厲鬼彈走還把小娟驅離瓶子學姊的身子，那如果……她離開了呢？

雯蓁忽地抓住了徐巧巧的手臂，一臉慌亂。「對！妳不能走！妳一走……他們就過來了！」

是的是的！現在那些鬼會退得那麼遠，都是懼於巧巧的能力！她只要一走，大家就變成嘴邊肉了！

彭宛華斜瞪著雯蓁，不知道為什麼，她好討厭這個護士喔！囉唆又沒助益，這種情況誰不怕？但是大家在努力時，她只會躲在角落，一發現徐巧巧有力量，比誰都快巴過來！大家都是站在同一艘船上的，如果那個禁忌屬實的話，最無辜的是她耶！要是她們確實翻床墊的話，她現在就可以躺在床上，睡她的大頭覺了！

既然情況已經變成這樣，應該要團結才對，真是個自私鬼。

「一起走好了……我們一起行動，人多也有照應。」媚媚不忍的看了遠處的瓶子一眼，「我們等一下再回來救！」

徐巧巧不由得也望向倒地不起的瓶子，她們現在真的沒有餘力穿過那群厲鬼，去把昏迷不醒的學姊抱回來！她雙手握緊拳頭，做了好幾個深呼吸，一大步往前邁進，撤掉椅子，握緊門把——遇到一關拆一關了！

門一拉開，徐巧巧就知道外頭氣氛不對。

「小白學長去哪了？為什麼都沒看見他？」她卡在門口，這麼問著。

「他剛被加護病房叫去，晚上不太平靜，他被叫去支援。」那時徐巧巧跟雯蓁都在樓下，所以不知道這件事。

「那也好，至少他沒事。」徐巧巧回頭看了她們一眼，用力一頷首。「把病床推出來！」

當病床往外推時，她們確實聽到 513 裡的鬼哭神號，肉羹姨、阿春婆全都蜂擁而上，即使房門大開，卻好像有道無形的透明牆一樣，他們誰也出不來，反而是撞在那無形的界線上嘶吼著。

劉先生是粗工，粗壯的拳頭用力的擊在透明牆上，打到他的骨頭都碎了，但是依然沒有人追得出來。

「他們死在這裡，所以……只能在 513 裡嗎？」媚媚喃喃的道出自己所看到的，「我們把病床帶走的話，他們會怎麼辦？」

「我不知道……」連徐巧巧都突然有點難過。

因為不管是小娟、或是任何一個病患，都是她們實習以來遇到的病人，短短三個星期，她誰也忘不掉，每個人都是她盡心盡力去照顧的！

看著他們扭曲的臉龐在吼叫著，看著他們流下黑色的淚水，即使他們是鬼，她依然於心不忍。

「我有輪椅之後……再把床還回去好了？」彭宛華大膽的提出建議。

她是不認識那些往生者，但是被一張床墊困在那兒，真的挺慘的，害她也有點同情他們。

「不要！誰想回到 513！」雯蓁第一個大驚失色，直接拒絕。

「我知道妳不會去，又沒人叫妳去！」彭宛華沒好口氣，她確定討厭雯蓁了，哼的一聲別過了頭，卻暗暗為眼前景象倒抽一口氣。

這裡是遊魂逛大街嗎？整條走廊曾幾何時泛出陰森的藍光，許多實體的、模糊的、半殘缺的鬼魂，都在這條走廊上穿梭。

還有好幾個瘋狂叫嚷的鬼魂，穿著醫院的病人服，抱頭鼠竄，嚷嚷著：「地震！有地震啊！」

大家都瞭然於胸，醫院十年前曾遭逢九二一大地震，這一棟大部分是全毀，許多醫護人員跟病人都喪生了，事發突然，可能有人至今尚未理解自己已然死亡的事實吧。

媚媚還認出幾個之前往生的病患，他們全都同時出現在五樓廊道，或徘徊、或做著生前習慣的動作。

有一台輪椅，再次出現在她們眼前，緩緩的往前移動。

「不要看、不要說，他們就不知道我們看得見。」徐巧巧再次複誦小白交代的話，「妳們在這裡待著，我去借輪椅。」

媚媚跟雯蓁合力把病床推到外頭，儘管裡面的鬼魂們依然在叫囂，但他們出不來，所以現下是安全的地方；徐巧巧抖擻精神，整理好皺巴巴的制服，揚起微笑，走向輪椅。

「詹伯伯！」她聲音高昂，對著那空無一人的輪椅。

瞬間，那輪椅上突然出現了模糊的人影，是個白髮蒼蒼的老公公，停下了輪椅，回頭疑惑的瞧著她。

「我想跟你借一下輪椅，好不好？」她站到輪椅邊，和顏悅色的問著。

詹伯伯搖了搖頭，他腳都廢了，沒輪椅怎麼行？這護士哪裡來的？他最喜歡的小如護士呢？怎麼不見了？

「我保證你已經好了，只是你不知道而已！」徐巧巧裝可愛的眨著眼睛，「你不但能站能跑，說不定還能飛咧……」

她暗暗握緊輪椅的扶把，隨時準備把它撤走。

詹伯伯只是有些疑惑，這護士怎麼胡說八道，他握緊了輪子，就要離開；徐巧巧見狀，趕緊攔下，這真是初體驗，她得跟鬼病患好好的溝通

「扶著我的手，我證明給你看。」她戰戰兢兢的伸出手，放到詹伯伯面前。

只是有個人更快，不知道從哪裡跑出來，已經站到了詹伯伯的另一側，伸出一根拐杖；聽到後頭的細叫聲，徐巧巧就知道，現在會移形換影的都不會是人。

抬起頭，是之前513的往生者——莊恬真。

她遞出一根拐杖給詹伯伯，讓他扶著，然後詹伯伯再扶著她的肩，緩緩的站起來。

「他碰到妳會消失的。」莊恬真一臉溫柔的說著，「我們誰都不能碰到妳，也請妳不要碰到他們任何一個。」

是喔……徐巧巧聞言，有點愧疚的收回手，怎麼說得好像她才是大魔王一樣？

「那可以碰妳嗎？」她注意到莊恬真說「他們」，並不是說「我們」。

莊恬真微笑，輕輕點了點頭。

然後她輕聲的不知道跟詹伯伯說些什麼，徐巧巧只知道詹伯伯那枯瘦的雙腳突然變得豐腴，然後就直挺挺的站在地板上了。她訝異的看向他，詹伯伯也樂得眉開眼笑，所以她握住輪椅，一轉就轉回了彭宛華身邊。

護士們合力把彭宛華的腳放下來，再合力將她抬上輪椅，彭宛華知道自己現在很沉重，可以的話，她可以跟羚羊一樣輕快的……可惜那情景已經見不到了。

徐巧巧再往莊恬真的方向看去，她跟詹伯伯都已經不見了，身邊還是穿梭著一堆遊魂，情況只是在惡劣中好轉一點點而已。

「好像……跟平常差不多。」徐巧巧環顧四周，有種感慨。「只是他們不是人而已。」

「哪裡差不多了！差了十萬八千里好嗎？這是撞鬼耶！」雯蓁不敢相信巧巧到現在還能這麼泰然，「我們現在看不到一個活人，全部都是鬼！」

「可是沒有人傷害我們啊！他們只是走來走去而已！」這就是學長說的意思嗎？不要在意，別犯他們，就能相安無事吧？

「可是那個鬼學姊怎麼說？她好可怕，她根本就是故意逼近我們的！」

「那個學姊又不在了！」徐巧巧只對燃眉之急有反應。

叩。叩。叩。

矮跟鞋的足音，突然間迴盪在走廊上，自她們的身後響起，逼得她們寒毛全部直立！

「在找我嗎？」

她們猛然一回頭，就見到那張白得過分的臉龐。

「呀啊啊——」

※　※　※

「咦？」

「怎麼了？小白？」

「我怎麼覺得好像聽到我那群實習護士的尖叫聲？」

「你馬幫幫忙，這裡是六樓耶，你幻聽喔？」

「拜託饒了我們吧！我們還有一堆事要做耶！今天晚上危急的病人特別多！」

「……」小白聳了聳肩，「我應該是真的聽錯了啦。」

五樓應該沒事吧？雖然有人見到了異象，不過應該沒什麼大礙吧……大家都常遇到的，讓她們先習慣一下也好！

鬼學姊站在空蕩蕩的病床邊，輕輕撫過那張床墊。

媚媚推著彭宛華往後退，雯蓁躲在媚媚身後，擋在最前面的，是全身開始發抖的徐巧巧。

「學姊好……」她覺得基本禮貌還是要有，把他們通通當作活人好了。

「妳們沒翻面。」她幽幽說著，神色有點哀悽。「裡面那些都是死在妳們手上的冤魂。」

徐巧巧倒抽了一口氣，話、話、話可以這樣說嗎？她當初是想要救人的，她念護校念了這麼久，學的是技術跟醫學常識……可是怎麼會因為一個簡單的床墊翻面，就說她們殺了人！

「床還給他們，我換床總行了吧！」彭宛華出了聲，「這禁忌我聽都沒聽過！但我知道這不能歸咎給護理人員！」

鬼學姊凝視著彭宛華，那絕對不是什麼善良的眼神，她挑起嘴角，從淺笑到大笑，那笑聲讓護士們全都毛骨悚然。

「妳——」鬼學姊突然伸長了手，指向坐在輪椅上的彭宛華。「睡錯床了。」

「她、她、學姊！她現在改睡 513 的五號床！」她等一下馬上去改床號！

鬼學姊沒再說話，她身後刮起一陣不知從哪兒吹了過來的風，嚇得大家彎下身子，擁著彼此！

那風強大到讓人睜不開眼，徐巧巧突然覺得，這陣風跟當初……她站在床台，搬走盆栽那一瞬間的風很像！

不知從何而來，風力強勁異常，站不直身子也睜不開眼……一直等到風止息時，徐巧巧立刻警戒般的睜開雙眼。

「有沒有搞錯……」她不可思議的看向四周——她們又在513號房了！

她們不但都回來了，人在正中間的走道上，而且那張一號床，又擺回原位了！

「啊啊……我就知道！我就知道這裡有問題！我們誰也離不開的！因為這裡是事情的起源！」雯蓁再次恐慌的大喊起來，對著窗戶叫嚷著。「那裡有路！那裡的路好可怕，我們誰也離不開、誰也離不開！」

「雯蓁？」媚媚被她嚇著了。

但是彭宛華卻聽出來了，難怪她一直覺得這個護士很俗辣，原來是因為她好像知道很多事？

「妳知道對不對！妳一開始就知道了！」她慶幸自己還坐在輪椅上頭，伸手就抓下雯蓁的衣領。「妳還有什麼沒講！快點說！」

「雯蓁？妳知道？」徐巧巧根本都暈了，她怎麼什麼都不知道？

矮跟鞋的聲音在她們面前叩叩走著，走到了五號床邊，鬼病患們一瞧見鬼學姊，竟都乖乖的站在她身後，誰也不敢造次。

「我比較敏感，我以前偶爾就看得見……我之前就覺得這間病房有問題，所以請巧巧跟我換！」雯蓁顫抖的手指向病房裡，那扇對著正中走廊的窗戶。「那裡……那裡有一條路，有扇門開了！」

「門？」徐巧巧對這個詞再熟悉不過了，一整個晚上，大家都在講門。

她往那白牆與窗子看去，就算看穿了，她還是只看見窗子跟牆壁。

「天哪！」也往那兒看去的媚媚忽然白了臉色，啪的握住徐巧巧的手。「那盆盆栽呢？那裡不是有一盆小榕樹嗎！」

她怎麼現在才發現，這房裡唯一的綠樹不見了？

「嗯？」彭宛華往自個兒原來病床的位置看去，指著旁邊的小櫃子上。「妳是說那盆嗎？」

那盆小榕樹，好端端的在她櫃子上。

「那盆好髒喔，我那天把它拿去洗了！而且卡在那個十公分不到的窗櫺上很奇怪啊，又不穩！」徐巧巧自發性的說明，「我那時想彭同學心情不好，乾脆幫她把盆栽放到她櫃子上，說不定看見植物她會舒服得多。」

一陣冷笑從前方傳來，不停的笑著，鬼學姊優雅的坐在五號床上，交疊著雙腳；正常時的鬼學姊真的很正，不要笑那麼陰森的話，會更可人。

「那個不能搬啊！瓶子沒跟妳們說嗎？房間裡的盆栽不要動！」媚媚氣急敗壞的看著徐巧巧，「妳把它拿去洗幹嘛！」

「啊……瓶子學姊沒說啊！只、只是一盆盆栽而已，我不知道……」徐巧巧好無辜，洗盆栽沒有被稱讚，竟然還被罵得狗血淋頭……「那盆盆栽有什麼問題嗎？」

「門……那是門。」雯蓁直直的望著那扇窗，絕望般的搖了搖頭。「門打開了，路出來了，找到替身……就可以走了、走了……」

什麼！徐巧巧聽見雯蓁的話語，簡直不可思議，什麼叫做找到替身？可是當她回頭探視雯蓁時，她突然向上翻了白眼，兩眼發直的看著地，像吸毒者一樣搖頭晃腦，完全不正常了！

媚媚一見到翻白眼就嚇得魂飛魄散，她可沒忘記被附身的瓶子，就是這樣的眼神！

「好像起乩喔……」彭宛華緊蹙著眉，看著詭異的雯蓁。「她家做這行的嗎？」

徐巧巧跟媚媚不免對望一眼，對耶！雯蓁這樣好像起乩喔！徐巧巧匆匆向身後的鬼病患一瞥，現在集滿九隻遊魂，所以不是他們上的身。

「替身是什麼意思？是說有人抓走了一個人，就可以投胎還是啥的嗎？」徐巧巧把雯蓁當乩童，抓緊機會趕緊問。

雯蓁點著頭，手突然指向彭宛華。「她，抓走她。」

彭宛華用力握緊輪椅，究竟關她什麼事？她都把床讓出來了，還想怎麼樣？

『嗚……我說過我好怕的！』細微的哭聲傳來，來自孤伶伶坐在一旁的莊恬真。『大家都想傷害她，可是我不想……』

徐巧巧看著莊恬真，不忍之情再度湧起，她是她這三星期來，最最喜歡的病患了。

『有人答應了，只要我們要回自己的床，帶走搶奪床的靈魂，就可以自由了！』莊恬真悲傷的說著，她的肩頭、下肢，突然開始泛出血絲。『可是……可是沒有人要回來！因為床又被佔走了！』

下一瞬間，她的四肢像被強力拉拔一樣，活生生在她們面前被撕開。

徐巧巧聽懂了，因為她們沒有翻床，下一個住進來的病患，就等於是搶奪床位的人，因此這場殺戮才沒有休止的一天，一連持續了九個人。

莊恬真也是這樣被帶走的，所以她也有權利向彭宛華搶回自己的床位，但是她在電梯裡說過，她不想，所以她好害怕。

「可是你們有九個人，她只有一個，誰才有資格得到自由？」這是很大的問題，難道沒有人發現嗎？

『我們沒辦法管，誰搶贏就是誰的……像我的靈魂，就是這樣被撕開的，沒有辦法支撐我的身體，才會敗血。』莊恬真的軀幹掉在床上，『而且再不快點，他們就要來了……所有的孤魂野鬼一到，大家都有權利搶替身，誰搶到，就可以走了……』

最好是有這麼簡單！

護士們向後退著，而鬼學姊站了起來，她微微一笑，食指輕輕勾動，其他的鬼病患開始意圖明顯的朝她們逼近；媚媚喊著每一個往生者的名字，請他們不要做傻事，但是沒有人理她。

徐巧巧禁不住往窗子那兒看去；那是門，門打開就有路出現？就莊恬真的意思而言，她打開了什麼通道嗎？等會兒會有各式各樣的厲鬼蜂擁而出，就為了傷害別人，得到替身，獲得自由？

沒有這種道理的！她是來救人的，今天晚上，連一個病患都不可以死！

「我明天的點滴還沒準備好、器械也沒消毒，病歷還沒仔細看過，抽血的管子也還沒準備……」她難受的淌下淚水，「我卻還在這裡，跟你們這些惡病患耗時間！就因為你們想傷害我的患者！」

鬼學姊雙眼無情的跟徐巧巧對望著，那眼神銳利到幾乎要嚇死人。

「巧巧……」連媚媚也嚇得哭了起來，她越把彭宛華往後拉，那些鬼病患就聚得更前。

「沒有這種事，我絕對不允許這種事情發生！」徐巧巧咬著牙，向離她最近的泊昊大喊。

「對不起！」

她閉上雙眼，狠狠的將手往他心窩裡去！

她感覺到穿過了一陣空氣，而不是一個形體，睜開雙眼時，泊昊就站在她面前，那因死不瞑目而瞪大的雙眼看著她，她記得泊昊是死在病房的急救檯上，他往生時並沒有闔眼。

「走吧！離開吧！」她尖叫著，瞬間感覺到胸口一陣熱氣竄流而出，順著血液竄遍全身，聚集到她的右手上頭，然後散發出一陣刺眼的光芒。

那光宛如利刃，自泊昊的心窩迸發開來，他像變成一個活生生的電燈般，由內而外散發著炙光，身軀開始出現裂縫！

徐巧巧好像看到一具泥人似的，他會龜裂、會剝落……泥人裡中間還放了燈，自中間透出強光！然後泊昊看著她，那眼神像是在問她為什麼，他嘶吼，他淒厲的慘叫，最後泥人變成土塊，崩落散去。

曾是開朗的大學生，最後在淒絕的慘叫聲中消失。

病患們開始歇斯底里的尖叫，他們搖著頭，他們呈現恐懼，他們看著鬼學姊，用一種懇求與求救的方式。

徐巧巧眼睜睜看著一個鬼魂煙消雲散，很難形容那種感受，但是她卻沒有忽視全身散發的熱，來自於她的胸口。

她把頸子間的繩子抽了出來，那上面繫著一個陳舊的平安符。

「徐巧巧？」媚媚有點讚嘆、有點佩服，卻也有點腳軟。

「我在盆栽裡撿到的平安符。」她把平安符握在掌心裡，好溫暖的安定感。

晚上在電梯裡遇到莊恬真時，她跟雯蓁都嚇得腿軟，回來跟小白學長講過之後，她們依然得繼續工作；但是她很害怕，又不知道如何是好，才想起那天在盆栽裡撿到平安符，她放在置物櫃裡，就拿出來湊合著用吧！

現在聯想起來她才明白，這個平安符會放在盆栽裡，應該不會只是裝飾用的……如果那盆栽真的是道門的話。

徐巧巧還在恍神，鬼學姊突然氣沖沖的逼近，大掌一揮，連碰都沒有碰到徐巧巧，就直接把她往牆邊打飛過去！

她飛的方向跟剛剛瓶子落地時一樣，只是她撞上牆後，是先摔上二號床，才又摔下了地！碰到床的緩衝好得多，但是那撞擊力道還是傷了她。

「噯……」好痛！她的右手好像脫臼了……徐巧巧全身發疼，硬撐著身子想站起來。

「巧巧！」媚媚焦急的大喊著，拉著彭宛華的輪椅，就想衝過去。

可是有鬼包圍著她們，鬼病患們再也忍不住了，有人答應過，只要他們可以把床要回來、奪走佔據者的靈魂，他們……他們之一，就可以自由了。

一旦丑時一到，路便會全開，「他們」就全部可以出來啦！

整棟的病患，全部都可以任憑他們作祟，抓回去當替身，今晚是自由的派對，等了十年之久的自由之日啊！

「哇！走開！」媚媚試圖擋住劉先生，但是粗壯的他，毫不客氣的一拳擊向她，媚媚瞬間就被打暈過去。

雯蓁忽然清醒，她一見到圍過來的鬼又是驚叫，但是她並不打算護住彭宛華，她鬆開手就直接往後退去……不關她的事！他們要的是彭宛華，不要傷害她！拜託不要！

用左手撐起身子的徐巧巧聽著慌亂的尖叫聲，逼自己清醒過來，她發現瓶子就在她兩步之遙，她好想探視她的脈搏，但是右手卻不管用了。

「巧巧？」忽然，趴在地上的人睜開雙眼，小聲的開了口。

「瓶──」

「噓！」瓶子立刻打斷她的話，「還沒結束嗎？我要繼續裝死，妳不要找我！」

「學姊？」徐巧巧有點錯愕，「妳沒事嗎？身體還是脊椎……」

「我都沒事……拜託妳不要再跟我講話了！」瓶子緊閉上雙眼，她剛剛就醒了，嚴格說起來，被附身時她也知道……

所以她清楚的明白現在這間鬼醫院的狀態，她才不要醒，她只要一直在這裡裝暈，就沒有人會找她的麻煩！

徐巧巧很難責怪瓶子學姊，這是人之常情，她現在也可以在這裡裝死，但是聽見彭宛華的叫聲，她就是沒有辦法處之泰然。

她終於攀著床起來，脫臼的痛楚扎人，加上全身上下的摔傷，她幾乎是痛不欲生！

四號床床邊的纏鬥看起來沒有進展，很有意思的是，鬼病患們依然近不了彭宛華的身子！她身上隱約發出微弱的光芒，可能就是那串灰色的紫水晶、還有她所謂的平安符。

她現在……徐巧巧左手緊握著平安符，很相信這小小的符包。

鬼學姊站在一旁，像觀戰似的，不加入也不阻止，手上好像拿著塊東西，右手則呈現握筆狀，同為護士一看到，徐巧巧就知道鬼學姊在寫紀錄，那是她們每晚的工作。

徐巧巧踉蹌的往前走，莊恬真就站在她附近，擔心的看著她，不停的搖著頭，並沒有加入爭奪戰。

莊同學的心地真的很善良！

「不要怕，我會保護妳。」她對著莊恬真說，「一定有別的方法，可以讓妳不爭奪也能夠自由的離開這裡。」

莊恬真哭得很可憐，紅色的眼淚滾滾而出。「我們被鎖住了，我們都被那張床困住了！」

徐巧巧痛得直喘氣，她連腳也撞傷了，必須一拐一拐的前進！她沒值過大夜，絕對不知道大夜是這種情形，但是如果造成這件事跟她有關的話，她就得親自把事情解決掉。

她看向一號床邊的那盆盆栽，如果那是門，她就應該要關上！

一根拐杖遞出，徐巧巧愣了一下，看向莊恬真。

「妳是開門的人，妳可以接觸所有陰陽鬼界的人。」事實上，她們早就身在陰陽界線裡了。

醫院本來就是陰陽之界，生與死只有一線之隔，更別說徐巧巧還是親自打開陰鬼通道的人，她擁有絕對的資格在陰陽界中行動。

徐巧巧接過拐杖，她確實的握住，然後她趴上二號床，伸長了左手拿過盆栽，她要把門關上！

只是才剛站穩，矮跟鞋音再度傳來，鬼學姊飛快的逼至，瞬間須臾，她的鼻尖業已觸到鬼學姊的鼻尖！

徐巧巧也驚覺到，鬼學姊是唯一不怕她的厲鬼！

『妳得關門，但不是現在！』鬼學姊一字一字冷冷的說，一張手，就掐住了徐巧巧頸子，往床上壓。

「啊——」徐巧巧覺得氣管被掐死了，她張嘴也吸不到空氣，痛苦掙扎的她，不由得鬆開了左手……

盆栽自她的手滑落下來……在她快失去意識前，她聽見了碎裂聲。

門，毀了。

她眼界裡只有鬼學姊，那應該美麗的臉龐已經全皺在一起，眼珠子凸出來瞪著她，她……她卻好像看到了別的東西！

一幕幕影像進入她的腦子裡，她看到另一間 513 病房，晚上時分，房裡住著四名病患；有個護士進來，因為靠窗的六號床病患哭著說他睡不著，因為他聽見窗邊有低語聲。

牆上的時鐘顯示凌晨一點，護士溫柔的安慰著病人，然後說她會去把窗子關緊；接著她走出簾外，來到那擺盆栽的窗邊……那邊沒有擺盆栽，可是有一只細長的小花瓶。

她將窗戶關上，但不小心碰倒了花瓶。

不小心……她的面前出現一個大窟窿，強勁的陰風刮進，成千上萬猙獰的厲鬼們蜂擁而出，他們狂笑著，他們的利爪撕扯著護士擋風的右手！

下一秒，忽地天搖地動，那是場劇烈的震盪，連厲鬼們都愕然，窟窿跟著地板塌陷一同往下沉去，整棟樓在三十秒間，瞬間夷為平地。

護士摔下去的瞬間，她放下了雙手，驚恐的瞪大了雙眼，徐巧巧才看見了她的容貌。

如同現在站在她面前的護士一樣！

「開門的人要負責關門，在黑暗裡被啃蝕……」鬼學姊抽動了嘴角，「換班了，學妹。」

※　※　※

「605的藥我換好了！」小白把筆放進口袋裡，「我得下去了！」

「OK！謝啦！」其他護士還有得忙，但還是相當感謝小白這兩個小時撥空來幫忙。「改天請你吃飯。」

「我一定記得！」他爽朗的笑著，急忙的要下樓。

他總覺得眼皮一直跳，雖然有媚媚跟另一個資深一點的護士在，但是全放給她們四個人也說不過去，更別說那個徐巧巧好像神經挺大條的，他真怕光器械消毒就要花上兩倍的時間。而且有兩個人在電梯裡遇到了好兄弟，他也怕新來的心理有障礙，萬一延誤到護士鈴的回應就不好了。

懶得等電梯，小白自個兒從樓梯下去，才一層樓而已，小CASE一樁。

「拜託啦……我不敢一個人上去！」才沒幾階，他就聽見樓下出現不該有的聲音——太大聲。

「我管妳！妳知不知道現在幾點了？妳把我叫出來已經很誇張了！」另一個是男生的聲

音，也一樣太大聲。

小白忍不住攀著樓梯，往下用力「噓」了一聲長音。果不其然，二樓處有張小臉蛋向上仰，一見到他，他就立刻一字字的說：小聲一點！

女孩嚇得摀住嘴巴，看向身邊的男生悄悄地說：「我們太大聲了啦，被罵了！」

「廢話。」男孩悻悻然的說著，邊打了一個大大的呵欠。

小白輕快的來到二樓，發現在樓梯間的不是護士，而是兩個很年輕的孩子，大概國高中生，身上沒穿醫院的病人服，所以也不是病人；女生穿著運動服跟牛仔褲，男生戴著一副眼鏡、聽著耳機，戴著口罩，最誇張的是連帽外套……這天氣不算冷吧？難道是來掛急診看傷寒的嗎？

「你們兩個……」小白看了看錶，「這時間來醫院做什麼？」

「探病。」女孩懇求般的眨著眼。

「現在已經快凌晨一點了，探什麼病？早就過會客時間了！」小白不可思議的看向兩個孩子，再往外瞧。「這麼晚出來，家長有來嗎？」

女孩搖了搖頭，拉了拉身邊的男孩，想請他開口說句話，結果男孩卻一張賽臉，靠在扶把上，在口罩下不停的打著呵欠，看起來昏昏欲睡。

「我下午來探望同學時，不小心把手提袋放在她病房了。」女孩雙手合十的誠懇拜託，

「那裡面放著作業，我明天沒交會很悽慘的！我只是要來拿作業而已，拜託你幫忙！」

小白皺了眉，大半夜的，怎麼會有高中生就這樣跑到醫院來？家長都沒在注意的嗎？不過想想，這裡的屋子都是透天厝，小毛頭真的要落跑還真的很難注意到。

「拜託拜託！」女孩再次懇求著。

「好吧！」小白嘆了一口氣，「不過由我去幫妳拿，還有，你們從現在開始，講話要壓低音量，不可以大聲嚷嚷。」

「噢，好！」她哪有大聲啊？

「患者是誰？記得哪一樓嗎？」小白拿出隨身的便條紙，準備筆記。

「記得記得，四樓的十三號房，彭宛華！」女孩興奮極了，作業有著落了！

小白愣了一下，「五樓，513 號房。」這房號這幾天出現得太頻繁了，頻繁到他覺得不舒服。

世界上很多事都是有跡可尋的，包括光怪陸離的事情也一樣，他當護理士雖然才五年，但是只要有怪事，發生前一定有前兆。

「噢噢！五樓！對，醫院沒有四樓，嘿，烏鴉嘴烏鴉嘴！」女孩忙賠著笑臉，她都走樓梯，忘記了咩。

「我剛好是負責那個樓層的護士，你們坐旁邊的電梯上去，上去後往右手邊的護理站等我。」小白說完，旋身就要上樓。

「我跟你上去。」女孩一手拉住他的衣服，另一手拉起男孩的手。「我們不坐電梯的。」

「為什麼？」小白好奇了。

「他說不准坐。」女孩聳了聳肩，指了指後頭的男孩。

小白挑了挑眉，現在的小孩真難懂，有人是一上車就嚷著要位子坐，有的沒電梯坐就死不走路，倒也是有人喜歡運動啊！這其實也不錯。

他往上輕快的走著，卻發現那對高中生還在樓下拉扯，看起來像同學……或是兄妹，倒不像是情人。

「走啦！拜託你……」女孩子小聲的跟男孩請求，「陪我上去嘛！」

「不要，妳不是不知道我討厭醫院。」男孩厭惡的緊皺眉頭，尤其他現在全身上下都不對勁，好像有幾千隻螞蟻往他身上爬似的。「已經有護士陪妳去了。」

「嗚……」女孩噘起了嘴，只好放棄。「好吧，那我萬一大叫時，你要上來喔！」

「大……護士剛剛說了，不准大叫！」男孩有點不耐煩，「好啦！我陪妳上去！」

為了其他沉睡中的病患著想，還是不要讓她大叫好了。

小白輕笑著，這兩個同學真可愛，尤其是女生，到哪裡好像都在跟人家拜託似的；他帶著笑走上五樓，卻在踏上五樓時，覺得一陣暈眩。

因為他剛剛穿過一個路過的老太婆遊魂，她正拿著助行器經過樓梯口。

小白一穿過就感覺到了，他幾乎是往前跌去的，他對靈體一向過敏，光碰到就會想吐，更別說穿過去了！所以他對這些靈魂都非常尊重，最好當作誰也沒看到誰！

「啊！你怎麼了！」女孩一見到小白跌跤，立刻往上跑去，快到後頭的男孩子根本來不及阻止她！

她是瞎了嗎？全世界看得最清楚的應該就是她吧？上面空氣都混濁成這樣了，她幹嘛自己跑進去！

男孩站在樓梯口，完全不想踏上五樓一步。

「還好嗎？」女孩扶起小白，這個男護士看起來臉色好差喔。

「不好……非常不好。」小白撐著前額，往走廊看去……昏暗的燈光、藍色的光景，還有隱隱約約、時有時無的靈體！

他從來沒有見過這麼多的靈體同時在醫院裡漫步！

他趕緊直起身子，往右邊的護理站看去，走近一瞧，完全沒有人在，整層樓陰森森的。怎麼回事？人呢？為什麼一個護士都沒有？該不會出事了吧！照理說不會有什麼事的，她們最多是被嚇到，應該沒什麼大事。

小白說服自己的理由很薄弱，因為他看得出來，這裡發生了什麼事情。

「同學！」他心思回到高中女孩身上，不能嚇到小孩子。「妳先下樓！我再拿下去給妳！」

「哇……醫院有這麼一大票好兄弟喔？」女孩竟然回過頭，愣愣的看著他。

小白才訝異的想問妳怎麼看得見時，尖叫聲忽然傳了出來，嚇了他們一大跳！女孩往前走了兩步，叫聲依舊不絕於耳，還夾帶著滾開、走開等等字眼，她小嘴微張，右拳擊在左掌心上！

「我同學的聲音！」她連看小白一眼都沒有，頭也不回的直接往513衝。

「同學！」小白用氣音高喊著，連忙追上去阻止女孩子。

他很快的追到女孩，叫她不准在走廊上奔跑，然後皺著眉站到513門口，他發現自己開始變冷，雞皮疙瘩也一顆顆冒了出來。

握緊門把，當然是轉不開！咦？小白開始拉扯門把，發現怎麼樣就是拉不開！

「媚媚？徐巧巧？」他把臉貼在門縫，小小聲的喊著。

糟糕！一定出事了！小白緊張的試圖把門推開，又怕吵到其他病患，他使勁的以身體推著門，那扇門卻毫無所動。

「宛華的聲音……那是……我來好不好？」女孩子突然把小白扯開，試圖打開門，她也打不開，兩個人在外面急得跟熱鍋上的螞蟻一樣。「對不起了！」

女孩突然跟小白鞠躬道歉，後退一大步，深呼吸一口氣，單腳高抬起，像是在算距離似的。

「妳想幹嘛？」小白瞪著眼問。

「把門踹開啊！」女孩自傲的一笑，「我是校際柔道冠軍喔！」

「是嗎，好厲……問題不是這個！」小白差點沒跳起來，踹開門？

「讓一讓好嗎？」男孩的聲音，冷不防的從他們身後響起。

女孩有點尷尬，收回了腳，很心虛的低下頭，乖乖的繞到男孩後面去。

「我說過我最討厭醫院。」男孩瞪著她，「妳挖我來醫院就算了，還找一條鬼通道給我看？」

「啥？」女孩好無辜，什麼叫鬼通道？

只見男孩直接往門把上握去，幾乎不費吹灰之力，就把門打開了。

門一開，一陣陰風像旋風一般由內刮了出來，小白被風刺得睜不開眼，連忙護住高中女生，而站在前方的男孩，好像直挺挺的，連躲都不躲。

「真有夠瞧的……這麼一條通路啊……」他喃喃自語，小白好像眼花的發現他在微笑。

「啊！」他定下神瞧，彭宛華已經退到了門邊，他還剛好看見小娟成功的弄翻了她的輪椅！

彭宛華重重的摔了下來，她慶幸著地是完好的那隻腳……至少沒有二次骨折。但是她發現手腕上的紫水晶已經開始有裂痕，剛剛那個女大學生已經擦到她的衣服了，代表她已經無法抵擋這群魍魎鬼魅了！

「滾開！」幾招飛踢由後踢至，女孩護住了彭宛華。「這裡頭是怎麼回事啊？」

「羽凡？」彭宛華吃驚的看著同學，「妳三更半夜來這裡做什麼？」

「我作業放在妳這裡了啦！」叫羽凡的女孩呵呵地笑著。

現場只有她一個人笑得出來。

彭宛華腕間的水晶石手鍊裂開，正式宣告壽終正寢，一塊塊碎屑掉了下來，整條手鍊終告崩解；急著想搶替身的鬼病患們磨刀霍霍，終於可以順利解決佔據他們病床的傢伙。

雯蓁一個人躲在牆角，曲膝抱著，不幫任何人，也不想加入戰局，只顧著啜泣，最好全世界都沒人找她；趴在二號床櫃子前的瓶子，繼續閉著雙眼裝死，祈禱這場惡夢趕快結束。

小白趁機把昏死在一邊的媚媚拖到身邊來，她意識不清，或許是件好事。

而徐巧巧跟鬼學姊呢？她剛剛情急之下把頸間的平安符往鬼學姊眼睛壓去，竟然真的烙出一個燒痕，氣得鬼學姊化身厲鬼，瘋狂的傷害徐巧巧！而徐巧巧抱著失去盆子的榕樹往裡邊跑，已經三度被攔了下來。

天曉得她背上被鬼學姊的爪子抓了幾次，一道道血痕，疼得她唉唉叫。

接著，突然有人開了門，有道刺眼的光瞬間射了進來，又瞬間消失。

「小白學長！」徐巧巧見到小白，喜極而泣的大喊著。

「羽凡，見一個打一個！」男孩突然往前一步，「把護身符攏在拳上打，打得他們魂飛魄散！」

小白幾乎被這場景嚇得不敢動彈，他遇過許多無法解釋的狀況，但從來沒有這樣的厲鬼遍佈，甚至傷害活人的！他迅速的環視了整間病房，很慶幸至少他不見的學妹都還在！

男孩找了個容器，直接往四號床邊的洗手台盛水，他瞥了一眼雯蓁，好個自私的護士，躲在這裡自個兒沒事就好了；不過這是人性，是人都想活下來，沒事誰想自尋死路呢？

問題是，這裡是怎麼能搞成這樣？一堆被鍊子綁住靈魂跟一號病床緊緊相繫的遊魂、一條四線道的鬼魅通道，還有一個從頭到腳整片被削下的鬼護士，住院還真是多采多姿啊！

「因為巧巧開了門……她沒有把床墊翻過來，又把門打開了……」坐在陰暗角落的雯蓁突然開了口，全身不住的抖著。

男孩狐疑的瞅了她一眼，為什麼這個護士好像聽得見他在想什麼。

雯蓁抬頭看著男孩，他們四目相對的一瞬間，男孩瞬間被衝擊到，向後大退一步！他踉蹌向後，跌坐在四號床緣，伸長的腳不小心因此踢到了雯蓁。

「對不起！」他趕緊縮回腳，但是太慢了。

雯蓁一伸手，抓住了男孩的腳踝。

然後，從子時開始發生的所有事情，在須臾之間全進入了男孩的腦海之中。

「放手！」男孩伸出手，打掉雯蓁的手。

她喊疼，哭著縮回手，繼續窩在角落。

男孩走回小白身邊，把盆子塞給他，然後開始脫下外套，摘下耳機、拿下口罩、挽起袖子拿下最不想取下的眼鏡……媽的！味道實在有夠噁爛的！

徐巧巧往小白這邊逃，鬼學姊卻準備抓住她的頭髮，千鈞一髮之際，羽凡也抓住鬼學姊的手，直接來了一招過肩摔。

趁這個時機，男孩拿回盆水，在彭宛華面前用水畫了條界線，然後把她向後拖，說也奇怪，所有的鬼病患完全無法跨過那條水界，誰意圖碰觸，身上就會燒出黑煙！痛得他們唉唉叫！

連鬼學姊也不例外，她過不來，猶豫了一下，轉瞬間就消失了。

「怎麼回事？他們為什麼過不來了？」小白狐疑的大喊著。

「因為他有能力，他可以用水對付鬼，現在開始就聽他的話就好了。」簡單的說完，有說跟沒說一樣，沒人搞得懂。

「好了！現在很簡單。」男孩瞥了一眼渾身是血的護士，這位就是巧巧啊！「我們只要把現在看到的鬼通通趕進通道裡，然後把門重新關上就好了。」

「你、你說得好簡單喔！」徐巧巧又驚又恐，情緒幾乎是失控的吼著，「問題要怎麼做啊！」

「這本來就不難啊……只是對不懂的人來說很棘手就是了！」男孩聳了聳肩，看起來很機車。「妳們也真厲害，在生死界上工作還不小心點，生死界上的小禁忌，每一樣都會要人命喔！」

「這傢伙哪裡找來的？」徐巧巧看著小白，「我覺得他好欠扁喔！」

「阿呆家開廟的！」彭宛華立刻拿人頭保證，「我這護身符跟紫水晶都是他給的！」

哇……徐巧巧立刻改以欽佩的眼神，那個有用的紫水晶手鍊，就是出自這個機車男孩之手嗎？阿呆……好可憐的綽號喔！不過他那個小瓜呆頭真的很呆！噗！

徐巧巧突然覺得有希望了！她手上還抓著榕樹，經過幾次摔倒、撞飛，榕樹根部的土已經掉得差不多了，還折斷了一半，只剩下薄弱的三根小樹幹還握在她手中。

「接下來要怎麼做，儘管吩咐！」徐巧巧雙眼倏地晶亮！

「我剛說得很清楚了。」阿呆皺著眉，看著那群鬼病患們被打得七葷八素。

羽凡把身上的護身符綁在指頭間，做握拳狀時，護符向外，繩子圈住手掌，以此對這些鬼魂揮拳，有十足的效果。

每一個被打到的鬼魂，那一部分都會瞬間被燒燬或是熔蝕，淒厲刺耳的鬼叫聲不絕於耳，難聽得要死，但至少宛華暫時平安了。

「我要幫忙。」徐巧巧倚著小白，吃力的站著，儘管她全身是血，右手脫臼，左腳扭傷，甚至還拄了根拐杖。

「門本來就要妳來關。」阿呆說出跟鬼護士一樣的話，「不過，我們要在一點以前完成；否則一點一到，你們會看到數以萬計的厲鬼，從那裡出來。」

阿呆指著那窗台，就是所謂的盆栽門口。

徐巧巧拿起小白腕間的手錶看，瞠目看著阿呆。

「你是說……五分鐘後？」

第六章

時鐘走向十二點五十六分，一點鐘時，路就會全開了。

徐巧巧感覺好像回到急救現場，她報著血壓讀數跟心跳，醫生交代電擊的伏特，在分秒之中搶救病人的感覺。

「彭宛華，妳怎麼佔人家床位呢，有夠不應該。」阿呆笑著，走到身邊，羽凡正攙著她。

「閉嘴！我車禍受傷夠可憐了，這些甘我屁事！」彭宛華狼狽極了，卻還是很驚訝。「話說回來，你連拿作業都陪羽凡來啊？」

「吵死了，都是她，硬挖我起來！」阿呆氣呼呼的，一邊望著四散哀號的鬼病患，還有那條寬廣的鬼魅通道。

奇怪，剛剛有個漂亮的護士姊姊不見了？感覺好像是存在最久的鬼魂，或許被看出他身上有些力量，所以先隱起身形吧？

「來吧！他們要床，就給他們床！」阿呆冷哼一聲，「請把床墊搬來。」

此話一出，果然引起鬼病患們的注意，他們個個驚恐的往歸位的一號床看去，甚至有人已經衝過去試圖保護那張床。

「我去搬！」小白二話不說，讓徐巧巧一個人站穩，直直往一號床跑去。

他遇到的阻礙不大，因為八個鬼病患都已經殘缺不堪，他們被高中女生的符拳傷得太重，好幾個人連腳都給卸了下來；那女孩手裡的符咒好可怕，傷到的全是靈魂。

小白把床給搬到了阿呆身後。阿呆則沾了水往小白、徐巧巧跟彭宛華眼皮上抹，他們覺得熱熱的，明明是冰水，可是眼睛卻像貼到暖暖包一樣！

等睜眼時，眼裡所瞧的全都不一樣了！

徐巧巧終於清楚的看到了所謂的通道，真的是擺盆栽的地方，那兒出現一個黑色的大窟窿，裡頭深不見底……更像是黑洞，看不清裡頭，裡頭卻不時傳來低語聲。

而最驚人的，是「鍊子」，在513號病房往生的九個病患，四肢跟身上全繫了鍊子，跟一號床緊緊相繫。

「宛華，我要妳貼著床面，往前面那個洞前進，把他們給關進去。」阿呆邊說，大家就照做，徐巧巧把拐杖借給彭宛華，當她真的站在床前的那一瞬間，她的腰際出現了鐵鍊，跟床也綁在一起。

她可不覺得這是好現象。

「阿呆，你要救我喔！」彭宛華看著他，腳不住的抖。

鬼病患們果然像被激勵一樣，張牙舞爪的往彭宛華攻擊，她吃力的抵抗，羽凡也在一邊幫忙打鬼，試圖將傷害減到最低。

徐巧巧扶著小白的肩走著，看他努力撐著床墊，心裡對自己現在的無能感到很無力。情況比想像的容易，但也困難，途中好幾次肉羹姨就要把彭宛華扯出去了，要不是羽凡出手快，真的就慘了。

鬼病患們沒有注意到，有個高中男生，將手上的水往地上灑，一點一點的把他們往床墊中心逼；最先發現的是阿春婆，她想扯斷彭宛華的腳卻失敗，向後踉蹌的後果，是撞上一堵燒人的牆。

她遲疑了一下，不懂哪兒出現了牆，她只看到地上的水漬而已。

但是她沒有時間思考，誰先殺掉那個病人，誰就可以獲得自由，她怎麼可以輸，九個人之中，只有一個人可以自由啊！

唯有莊恬真，她自始至終都沒有加入爭奪，而是離那窟窿遠遠的，站在一旁，懸在空中看著大家；她身上也繫了鍊子，阿呆終於注意到那幾乎沒有存在感的鬼魂。

「她、她是上一個往生的同學，她說她不想要傷害任何人！」徐巧巧趕緊出聲，深怕這個深藏不露的高中生會傷害莊恬真。「她說她很害怕，所以、所以請不要傷害她！」

「嗯……」阿呆若有所思，這個新生鬼的確沒有什麼威脅性，但是……她說她不想傷害人？

但他為什麼感覺到，有一絲紅色的恨意在附近竄動著？

他打小就看得見陰界的魍魎鬼魅，也能清楚的聽見所有聲音、看到鬼魂們的情緒；恨意通常是紅色的，像絲狀一樣，飄散在空氣中，若有似無，若是遇上怨念強大的惡靈，那惡靈周邊的空氣就會呈現完整的紅色。

他很想專心的盯著看，因為那絲紅色的情緒只閃出一秒就消失，他想捕捉，但是眼前有更要緊的事。十二點，五十八分了。

鬼哭神號停止了，轉眼間鬼病患發現大家都擠在一起，全部被框在那只床墊的寬度內。肉羹姨發現了、小娟發現了、劉先生也發現了，他們身後就是那一大片窟窿，別說會不會跑進去，等一會兒當成千上萬的鬼魅竄出時，他們瞬間就會被利爪撕裂！

可是，他們哪兒也去不了，只能擠在這裡，東西南北全是碰不得的牆，完全出不去。

最終，求救的目光投向了現身在窟窿前的鬼學姊。

『同學，妳睡錯床了。』她見到彭宛華時，永遠只有這句話。

阿呆在看著時鐘，小白也是，鬼病患狂亂的扯著彭宛華，他們只剩下一點點時間，誰能殺了佔據者，誰就會逃出生天！

不管人與鬼，為了求生都一樣的拚命與賣力。

鬼學姊滿意的看著為了活下來的鬼或是人身上散發出的光輝，但是她並不想理他們，她心裡只有徐巧巧，這個相隔十年，把門打開的護士學妹。

上一次她開了門，害得她在永不見天日的地方遭受折磨與啃蝕，她困在夾縫之中，呼天搶地也沒有人管；然後終於有人把她從夾縫中拉了出來，那聲音告訴她，只要有人開了下一次的門，那個人就可以當她的替身。

就是那個學妹了，她等好久了……等好久了！

「就是現在！往前推！」阿呆突然對著小白大吼，「把床墊推到牆壁，不要鬆手！」

「喂！那我怎麼辦！」彭宛華煞不住車，已經跟鬼病患們全撞在一起。

她身上全是抓痕，若不是下午阿呆給她的護身符起作用，說不定她早就跟上一個死者一樣，被撕成塊狀了！

「羽凡，把宛華拉回來！」阿呆喊著，羽凡立刻彎下身子，勾抱住彭宛華的腰際，往床墊外圍扯。

上半身的拉，與下半身的扯，彭宛華幾乎要被撕成兩半了！

即使連徐巧巧也忍住疼痛彎下身幫忙，那拉扯的力量還是大到讓人無法招架，根本完全拉不動！

「拜託……雯蓁！瓶子學姊！拜託妳們過來幫忙！」她終於忍不住的大喊起來，朝著病房裡兩個不動的護士求救，多一個人就能多一份力量！

瓶子皺起了眉，就叫徐巧巧不要叫她了，為什麼又這樣……她緩緩的撐起身子，看著眼前那一片混亂，內心只有無盡的掙扎！

好可怕！她一向最怕鬼了，更別說那裡是個什麼通道的，意思是說裡面會有一大堆鬼耶！她才不要……她為什麼非得要蹚進這池渾水？

四號床的雯蓁緩緩的站了起來，她空洞的雙眼裡盈滿淚水，直視著通道前的生死關頭，她縮著身子，恐懼感侵蝕全身。

「學姊！快點！」徐巧巧往右邊看去，看著瓶子已然緩緩起身；再往右後方去，看著雯蓁還站在原地。「雯蓁，拜託妳！過來幫忙！」

「快點！時間只剩一點點了！」阿呆大喝著，補強著他的水結界！

終於，她們移動了腳步。

只是前往不一樣的方向。

雯蓁邁開步伐往她們這裡來，但瓶子卻是踉踉蹌蹌的，往門口奔了出去！

不關她的事！她才不要被這種恐怖的事牽扯進去，要是不小心大家都被吸進去了怎麼辦？她可不是來醫院當犧牲品的！

瓶子往門口跑著，而站在一邊的莊恬真，瞬間劃上了微笑。

阿呆眼尾餘光清楚的捕捉到紅色的氣息，但是已然來不及了，莊恬真一躍，整個人飛了出去，追著瓶子而去！

她身上的鍊子喀啦喀啦的，無止境的往外延伸。

雯蓁終於過來加入支援，她握住彭宛華身上的鍊子，往後扯動著，說也奇怪，多了一個人力道差超多的，徐巧巧明顯的感受到彭宛華輕鬆的被拉了出來，半個人都在床墊外頭了！

下一秒，雯蓁再一扯，彭宛華整個人摔了出來，掛在羽凡身上，阿呆趕緊幫忙壓住床墊，阻止鬼病患們衝出，讓小白去把宛華拖離窟窿越遠越好。

拖離大概才一公尺，彭宛華腰上的鍊子就消失了。

她全身都是抓傷、撕裂傷，痛得要死，但是裹著石膏的腳太重，她支撐太久，最難受的是手！

「我絕對不要拿拐杖！我腋窩痛死了！」彭宛華唉唉叫，如果她今晚活下來，一定要好好復健！

羽凡禁不住的笑了起來，徐巧巧也虛弱的淺笑，她還挺喜歡彭宛華的個性，很直爽、也很開朗；阿呆搖了搖頭，只喃喃唸著物以類聚。

他取下手腕上的念珠串，剩下最後一個步驟而已。

「護士小姐，妳要來關門啦！」事情還沒結束，請大家先不要開慶功宴好嗎？

「我？喔喔！對對！」徐巧巧聞言，趕緊在羽凡的攙扶下，來到阿呆身邊；彭宛華已拄著拐杖找就近的五號床坐下，她已經算是沒事的人了，可以休息一下了吧？

「榕樹只剩這樣了……」歷經剛剛的浩劫，榕樹更慘了。

「誰說那是門？那只是一個封印的代表而已。」這個高中男生，明明很小，卻說出很深奧的話。「妳是開門者，妳想要怎麼關、拿什麼當門，隨便妳。」

這只是一個儀式而已，最重要的，是要搭配適當的咒法。

誠如他一開始所說的，這個封印並不難，只是遇上了不懂的人，犯了大忌，造成了生死劫。

門……她自己想？她要怎麼想？高中男生的意思是，什麼東西都可以當門嗎？是啊，仔細想想就知道，一盆盆栽怎麼可能是什麼門，這只是一個代表，可能是位置擺放……還有……徐巧巧緩緩的打開手掌心，那裡頭是帶血的平安符。

這個有力量的平安符是放在盆栽裡的，說不定這個才是關鍵。

拿什麼當門呢？一旁的高中男孩已經拿了念珠，開始唸唸有詞，可能是唸什麼經文、也可能是什麼咒法，徐巧巧轉頭看牆上時鐘，時間已經迫在眉睫了，她必須趕快配合他，把這個門關起來！

她站在窟窿前，試圖尋找一些可以擺放上去的東西……

電光石火間，一隻手從窟窿裡伸了出來，冷不防的緊扣住徐巧巧的頸子！

然後鬼學姊的頭，緩緩的從窟窿裡冒了出來。

阿呆見狀，立刻停下咒法，將佛珠浸入手中的水盆，準備對付那窮追不捨的鬼學姊！

「妳才守十年，多守幾年計較什麼？」阿呆以手打了結印，「何況有的是方法離開，妳不用正道，我才懶得幫妳！」

當他要朝著鬼學姊去時，她卻突然森冷一笑，眼神瞟向了她左方的五號床——阿呆瞬間跟上眼神，只可惜太慢了，五號床突然飛掠而出，直直朝他衝了過去。

根本沒有人來得及反應，坐在五號床上的彭宛華還因此滑下了床，那整張病床跟車子一樣，直直撞上了阿呆，並且一路往二號床的方向擠壓！

「阿呆！」羽凡驚慌的大叫，旋即追了上去，要是阿呆不趕快移動身體，他會被夾在兩張床之間，那脊椎一定會斷掉的啦！

但她跑得再快也不可能追得上，肚子被攔腰一撞的阿呆痛到說不出話來，身體抵著欄杆向後退，他哪來的力氣移動身體？

千鈞一髮之際，一道紅色的影子瞬間從窗外飛至，包圍住阿呆的身子，那道紅影像氣球一樣包裹住他，在他即將撞上二號床尾時，成功的阻止所有動作。

阿呆人被紅影裹在兩張床尾的中間，腹部離開了五號床，背部也沒有撞上二號床，但從他的表情看得出來，還是很痛。

所有人的注意力全在阿呆身上，羽凡業已焦急的跑到他身邊，直問他身體有沒有怎樣，而另一端的徐巧巧，也在此時被鬼學姊往窟窿裡扯！

阿呆痛得無法說話，連氣都喘不上來，他只是吃力的舉起手，指向徐巧巧的方向，大家不要忘記重點！

『嘻……嘿嘿！』鬼學姊半身都已經浮了出來，身後的嘈雜聲越來越大。『聽見了嗎？他們快到了……我把妳丟進去，我會幫妳關上門的。』

「唔……」徐巧巧拿掌心的平安符燙她，但鬼學姊似乎已經豁出去了，根本不管！

突然間，有個東西，直接往鬼學姊的天靈蓋去。

「放開巧巧！妳這個沒良心的護士，放開巧巧！」雯蓁抓狂般的拿著病歷板，死命往鬼學姊臉上敲。「妳明明知道還害那麼多人死！妳這個可惡的人！妳不配當護士！不配——」

病歷板敲碎了鬼學姊的臉、敲碎了她的骨頭跟牙齒，也逼得她鬆開了徐巧巧的頸子！她踉蹌的往後倒去，不過卻栽進了小白的臂彎之中。

他們不知道為什麼雯蓁有足以攻擊的力量，鬼學姊明明是個已經連護身符都不怕的厲鬼啊！

鬼學姊的五指伸出如刀般的利刃，狠狠的刺進雯蓁的臉龐，她慘叫，卻沒有放鬆手上的力量，還敲下了鬼學姊搖搖欲墜的下巴！

小白攙住徐巧巧，他驚慌失措的看向阿呆，雖然有點丟臉，這種時候得依靠一個高中生……可是那個高中生現在卻痛得跪在地上，彷彿連動都動不了！

已經剩下三十秒不到了啊！小白不管三七二十一，彎身拾起了阿呆剛剛遺落的東西，就往窟窿衝了過去。

剛剛五號床飛出來撞上阿呆時，撞飛了他手中的水盆跟念珠，小白死馬當活馬醫，握著那串濕漉漉的念珠，衝上前拉住了鬼學姊跟雯蓁對峙的手，然後冷不防的把那串佛珠往她的眉心壓了進去！

啊啊——哇呀呀——鬼學姊完全鬆開了手，她雙手護住了自己的臉，想要把念珠拔起來似的。不！不——不公平！這不公平！

小白拉過雯蓁，他驚魂未定的看著鬼學姊，才發現他把念珠鑲進她的眉心裡了……他不知道是自己的腎上腺素發作才有那麼大的力氣，還是鬼學姊對那佛珠有所畏懼？

窟窿，突然變小了，而且是急遽的變小。

所有人立刻意識到是怎麼回事，小白回身把徐巧巧給架起來，她得關門，這個大家都知道。

鬼學姊淒厲的慘叫著，鬼叫聲幾乎快刺穿耳膜，但是她似乎再也無能為力，只能消失在那窟窿之間；但是在她的慘叫聲後面，襯著更可怕的巨大聲響，窟窿深處……好像有一堆東西眼看著就要衝出來了！

但是地上，還遺留著一條鍊子。

「莊同學！」徐巧巧失聲大喊著，莊恬真呢？她跑到哪裡去了！

※　※　※

瓶子才剛奔出門外，倉皇失措的想找地方躲，她後來決定直接離開醫院好了，這個是非之地是最有問題的地方，離開這裡就沒事了！

她不敢坐電梯，選擇走樓梯，只是走沒幾階，就有人抱住了她的腳。

僵硬回首，爬在地上的是莊恬真。

「放開我……不關我的事……」

『我有按護士鈴……』莊恬真幽幽的說著，『我那天真的有按護士鈴。』

「我不知道我不知道！」瓶子用力甩著腳，想把抱著她的鬼魂踢開。

『妳聽到了，對吧？』莊恬真抱得更緊了，她身上的鍊子蠢蠢欲動，好像越來越直，即將要把她拉回去應回的地方。

「我沒有！我不知道……那天我、我在別的地方……」

『妳到門口，看到裡面有鬼……妳看得見。』莊恬真眼一沉，向上吊的瞪向瓶子。

『妳把護士鈴按掉了！』

不！不！她沒有！瓶子摀著雙耳，她什麼都不知道……她看到那麼多鬼圍在床邊，嚇得根本不敢進去……反正、反正莊同學應該只是做做惡夢而已，不關她的事的，等一會兒夢驚醒後，就沒事了！

所以她把門口的護士燈按掉，裝作沒事的走回護理站，再也不敢靠近513！

她真的沒想到，隔天一早去量體溫時，莊恬真已經併發敗血症！

『妳怎麼可以把護士鈴按掉！』莊恬真的臉孔出現崩裂，痛苦淒絕的叫喊著。

然後她身上的鍊子一緊，倏地就把她往後拖去，她緊抱著瓶子，下地獄也絕不鬆手！

所以莊恬真抱著瓶子，從門外以倒退之姿飛了進來，嚇傻了所有還清醒的人！

「不——不要——」

鍊子往窟窿裡收，現下那窟窿已經剩下一個小洞，莊恬真全身幾乎都進去了，只剩下頸部以上攀著窟窿的邊緣，因為，瓶子趁機拉住了雯蓁。

「為什麼……發生什麼事了！」徐巧巧不可思議的看著這景象，為什麼要拖住瓶子學姊？

雯蓁以雙手死命的拉住了瓶子，瓶子膝蓋以上騰空，小腿以下已經被莊同學拉了進去。

『她……明明有聽到我按護士鈴的。』莊恬真甜甜的笑著，紅色的恨意已經明顯的飄散在空氣中。

「關、關門！」遠處的阿呆，好不容易可以開口，拚了命的喊著。

「關門！時間到了！時間到了！」羽凡幫忙傳話，那聲音裡全是極度的恐懼！

「不要！」瓶子哭號著，「雯蓁，快點拉我出去！」

徐巧巧慌亂的看著瓶子、再看向阿呆，然後聽見那近在咫尺的叫聲自窟窿裡傳來，牆上的時針，眼看著即將要跳到下一格。

丑時。

「妳聽見她按護士鈴……沒有去看她？」雯蓁眼神一沉，「瓶子學姊，妳沒有當護士的資格。」

瞬間，瓶子緊握的手突然消失！

她明明緊緊抓握著雯蓁的手腕，但現下卻穿過了雯蓁手腕，直接往地板撲了下去。

須臾兩秒，她就帶著極度的驚恐與疑惑，直接被往窟窿內拖去。

徐巧巧咬著牙，早已淚流滿面，她大喊著瓶子的名字，試圖伸手去拉住她，一切卻快到來不及。

她只好伸出染滿鮮血的右掌，和著掌心裡的平安符，往所謂的通道出口牆壁處，用力一擊。

在窟窿關上前，她看到莊恬真微笑的模樣，手裡還抱了一隻粉紅色的小熊。

喀噠，一點整。

燈光突然全數亮了起來，空氣截然不同，513病房裡一片雜亂、滾在地上的一號床墊、衝到二號床尾的五號床，還有蹲在地上，痛苦的高中男生。

結束了……渾身是血的徐巧巧雙腿一軟，小白趕緊撐住，滾落在地的彭宛華早就已經放棄移動，直接趴在地上喘息。

而他們的目光，此時此刻卻不約而同的，看著站在窗子前，那個雙手掌心向上，從一分鐘前就動也沒動，卻瞬間變成氣體般的護士。

「雯蓁？」小白狐疑的將手朝向她，輕輕拍上她的肩。

但是他的手穿過去了！雯蓁跟空氣一樣，他可以輕易的穿過她！小白是個對靈體極為敏感的人，他一碰就知道，雯蓁……不是人！

「我忘了……」雯蓁看向小白，「學長，我好像已經死了。」

「什麼？」徐巧巧倒抽了一口氣，不可思議的看著同學。「妳在開哪門子的玩笑！陳雯蓁！」

「她真的死了。」後頭的高中女生扶著男孩子站起來，很疑惑的說。「我一開始就覺得很奇怪，因為她的氣息不一樣，卻沒有要傷害你們的樣子。」

雯蓁死了？怎麼可能？是什麼時候的事情？今天晚上她們都在一起，幾乎沒有落單的時刻，怎麼可能會出事！

「她……來上班之前就已經往生了！」阿呆忍著痛楚說，她身邊的紅色影子依然圍繞著她。「她自己也沒有意識到，好像是車禍，一直到剛剛我裝水時，她透過接觸告訴我發生的事情，而我也用水，提醒她已經死亡的事實。」

「怎麼會？不可能！」徐巧巧無法接受這個事實，她想上前抱住雯蓁，卻怎樣都撲空。

「是啊……我都不知道自己死了，所以才會一直出現很怪的狀態吧！」雯蓁傻傻的笑著，「可能有人在招魂，所以我就魂不守舍了！」

徐巧巧哭得欲罷不能，一起奮鬥的同學，從護校到實習的好友，怎麼會突然就說她已經死了！

「我想我是不放心妳吧！」雯蓁看著徐巧巧，「我知道這邊很怪，所以我只好過來看看妳……而且我們還沒有一起值過大夜呢！」

小白也忍不住淚水，緊抱著徐巧巧，看著雯蓁的身形漸漸消失。

啊……她看見了，窗外有光呢！那光好溫暖……一定是在召喚她吧？雯蓁最後對著小白跟徐巧巧劃上一個微笑，最終徹底消失。

阿呆開始誦起經，為雯蓁鋪一段路。

而在靠近中間窗戶的白牆上，有著一個鮮明的血手印，血手印的中間有一處方形，那方形的東西也沾滿了鮮血。

用自己的血與掌印當作門，是絕佳的做法，因為盆栽會掉、符包會掉，但是這個掌紋印在牆上，他們現下只需要白色油漆，重新漆上，直接封在裡面就好了。

羽凡往前走近，看著那其實很駭人的血手印，掌心護符上的字，也一併被血印上了白牆。

「阿呆。」她有些驚訝的回首，指了指牆。「你看那個平安符上面的字。」

上頭是反過來的鏡子文字，但是誰都可以輕易看得出來。

「萬應宮。」

第七章

清晨四點，世界一片寂靜，天色還很昏暗，離日出還有一段時間。

急診室的病人依舊絡繹不絕，今晚特別難熬，不僅病患特多，而且一直有狀況；加護病房上半夜儼然成為戰場，許多病人突然發高燒或出現嘔吐現象，醫生全部出動，控制病情。

所幸兩點之後，一切漸趨平靜，加護病房的病患全都控制得宜，所有病患也隨之安穩的進入夢鄉；其他樓層的病患幾乎一夜好眠，許多人的夢境裡，還會出現已過世但熟悉的親人。

五樓，一樣的安靜。

徐巧巧從 510 病房出來，她隱約會看見有些詭異的影子掠過，但再仔細看，也就看不到什麼了；她決定不要自己嚇自己，就算有什麼，那應該也是稍早瞧見的守護者們。

每一間病房都已經可以打開，彷彿什麼都沒有發生過的平靜。

她認真的對每間病房拜託，請每位守護者讓他的子孫一夜好眠，他們的工作累積太多沒做，要是有人再按護士鈴，一定會忙不過來的。

她全身都是抓傷與撕裂傷，在小白學長跟媚媚學姊的通力合作下，火速處理傷口，原本大家都擔心，被鬼抓傷的傷口會不會有問題，結果那個高中男生真的很厲害！

他要大家用平常的消毒法處理傷口，她是唉唉叫第一名，真的疼死了！然後再用他施咒過的紗布包紮，這樣就保證萬無一失了。

一個瘦弱的高中男生，留著真的讓她很想笑的小瓜呆頭，又戴著一副俗到爆的眼鏡……但是他們對他說的話卻不得不深信不疑。

她脫臼的右手，在那個高中女生的「蠻力」下，幾秒鐘就接回去了……她是真的以為跟電視上演的一樣，好歹會說些話、引開注意力什麼的，但是……咳！是她不對，她不該對高中生抱有太多期待。

「脫臼喔！這個我最會！」高中女生只說這句話，立刻粗魯的抬起她的手，她痛得輕叫，還來不及說出一個字——喀嚓！那女生就用力把骨頭接回去了！

她一口氣上不來，所以沒有足夠的中氣用慘叫來表達她的痛楚。

她只是呆愣的全身冒汗，看著女生把她的手放下，還拍拍雙掌，跟她說OK了！

算了……至少接回來能動了！徐巧巧無奈極了，她真的覺得今晚遭遇的一切，最痛的是接回手的那一瞬間。

她一拐一拐的往護理站走著，快五點了，五點要幫特殊病人量血壓跟體溫，有三個要給藥，一切都會開始忙碌……但是他們還有一堆事情還沒做。

徐巧巧開始拜託那些祖先什麼的，可不可以讓病人一覺到天明，拜託不要再有人按護士鈴了！

「媚媚學姊……」徐巧巧回到護理站，很諂媚的叫人。「紀錄可不可以幫我寫……」

媚媚瞥了她一眼，掛著微笑點了頭。

她一醒來，事情都結束了，還莫名其妙跑出兩個高中生，當中的高中女生很活潑，自願去買了油漆，把牆上那個嚇死人的血手印漆掉，掩蓋痕跡。

徐巧巧跟彭宛華的傷勢很驚人，那個高中男生胸前有嚴重的瘀青，不過沒什麼大礙；她搞不清楚狀況，只知道那個看起來呆頭呆腦的高中男生，好像是拯救他們的救星。

彭宛華包紮到一半就虛脫睡著了，巧巧則是硬打起精神，還去灌了好幾杯黑咖啡，因為他們不但得把一切恢復原狀，還有成山的夜班工作得完成……只是，原狀是什麼？

瓶子不見了、雯蓁也不見了。

小白跟她說，他跟雯蓁的家人聯絡上了，她今晚來上班前，被一輛酒駕的大卡車攔腰撞上，當場死亡；但是她不放心大家，所以還是到了醫院，繼續正常的值大夜。

至於瓶子……他殘忍的說出她死都不想相信的真相！

瓶子被那位莊同學帶走了！媚媚根本不想相信這個論調！瓶子不是那種人，可是莊同學往生那天，另一個護士跟瓶子換班，央求她值大夜。

媚媚也想起來，瓶子一直對一些事情很敏感，總是叫她不要去哪兒、不要搭電梯、不要巡哪間房，因為她覺得那兒怪怪的。

瓶子因為感覺到 513 病房有異，所以她到了門外，取消紅色的警示燈，卻不進入病房，任憑莊同學在裡頭呼叫無人嗎？

真實狀況沒有人知道，除了莊恬真及瓶子之外，沒有人知道！所以，媚媚決定了，她寧可把瓶子當作是憑空消失的護士！也不願承認她是見死不救、取消呼叫的護士。

「通路確定關起來了，除非那個血手印被刮掉，要不然很難打開喔！」高中女生趴在護理站邊，跟小白說著。「話說回來，巧巧護士好聰明喔！用那個當門，真是太厲害了！」

「那是因為她手上找不到東西。」小白堅持相信徐巧巧沒有那麼聰穎的想法。

「可是這是完美的做法啊！她的血手印加上萬應宮的符，那可是天下無敵呢！」羽凡對這個巧合感到開心極了。

「說到那個萬應宮……好像是這裡很有名的廟宇喔！」小白在醫院待久了，也聽過不少，而萬應宮香火鼎盛，許多人都會去那兒拜拜。

「哈！那就是阿呆家開的廟啊！」羽凡活脫脫像個電視購物主持人，「你們不知道啊，萬應宮是間超好的廟，不但靈驗而且什麼疑難雜症都能解決，光看阿呆就知道了，裡面隨隨便便一個人都很厲害！」

「王羽凡，妳少說兩句。」坐在輪椅上的高中男生一臉不耐煩，廟是不需要推銷的好嗎？

那個男生原本堅持不坐輪椅的，但實在疼得受不了，小白甚至找熟識的醫生讓他去照X光；幸好骨頭沒斷，只是瘀血而已，算是不幸中的大幸；不過以中醫而言，這個內傷可能得治療很久吧！

「這種事……以後還會發生嗎？」媚媚很緊張的問。

阿呆看著她，嘴角挑了一抹冷笑。

「你們應該比我清楚吧？醫院是什麼地方，任何禁忌都必須小心為上，每一樣都是生死交關。」阿呆說到正經事時，都會特別嚴肅。「我想一個翻床的動作、一個盆栽，處處都代表了潛在的意義。」

媚媚聞言，不由得愧疚的低下了頭，因為她的輕忽，才會導致了嚴重的後果；小白注意到她的自責，不知道該怎麼安慰，畢竟那是誰也料想不到的結果啊！

「對了，那個盆栽裡面，怎麼會那麼剛好有你家的平安符呢？」這是徐巧巧最好奇的地方，幸好她撿到那個平安符，不然她可能早就掛了！

「那裡本來就是通道，所以長年被封印著，當年那個正妹護士不小心撞到的花瓶，正是封印；只是誰也沒料到緊接著出現大地震，空間扭曲，醫院倒塌，然後就有人到我們家去請人到現場去超渡或安魂。」阿呆從容的說著這段誰也沒告訴他的過程，讓護理站裡的三個護士瞠目結舌。「依照我們家的習慣，一到現場就會發現那條扭曲的通道，我們會暫時封印，直到醫院重建後，再封印一次。」

好可怕喔……徐巧巧暗自在心裡想著，鬼學姊撞到花瓶的事明明應該只有她看過啊！那是鬼學姊掐住她頸子時，所傳遞過來的記憶……她連小白學長都還沒說耶，阿呆怎麼會知道！

「那個盆栽是你爸封的嗎？」羽凡超好奇。

「不是，是我大伯母跟一個江哥哥封的！」他當時太小，印象不深，但是他可是有在封印現場喔！

「那、那個學姊呢？她怎麼辦？她又不是故意開門的！」雖然鬼學姊很駭人，可是徐巧巧還是覺得她很可憐。

「破除封印的人通常都是第一個犧牲品，妳應該是拿著平安符才逃過一劫！」阿呆忖度了一會兒，「那個鬼護士跟其他人的事，我回家會找人處理。」

是啊，當然要處理……扣掉那位鬼護士，他很好奇，那幾個病患到底是被誰承諾的？承諾他們殺掉佔床的人就能自由？真是好笑！

早在他們往生時就該前往應去的地方，的確有人會無法接受自己過世的事實，在半夜騷擾下一個睡在那張床的患者，嚴重時的確會導致死亡；但這個事件明明是有人刻意強化了禁忌，硬把所有人綁在那兒，還引來殺戮。

「呃？宛華還睡在 513 嗎？」阿呆仰頭，看了羽凡。

「喔，對啊！我可是把她移到六號床了！」徐巧巧趕緊接口，「她說她不想換病房，我就先換床，因為我還得把一號床翻過來呢！」

「有夠物以類聚……」阿呆搖頭，難怪王羽凡跟她會是好朋友。「現在就翻，我想看一下那裡有些什麼！」

「喔！好！」徐巧巧立刻走出護理站，領著他們前往 513 號房。

「瓶子呢！」後頭，有人再也忍不住的衝口而出。

準備要轉過身的羽凡頓了一下，又把輪椅推了回來。

「她不會憑空消失，她的遺體會出現在某個地方。」開著電視，等等新聞就會找到。

「你也會幫她嗎？」小白於心不忍的看著媚媚，她噙著淚，無論如何想知道瓶子究竟能不能也受到照顧！

「對啊，你也會幫忙超渡瓶子學姊嗎？」徐巧巧懇求般的眨著眼。

阿呆眼鏡下的雙眼是深沉的，他不想回答這個問題，因為不懂為什麼要救一個面對病人呼救，卻見死不救的護士？

而且他也救不了，因為他救不了莊恬真、自然也救不了一起被拖走的瓶子。

莊恬真明明應該是九個往生者中，最善良也最能安詳升天的人，結果她最後卻是唯一奪走人命的人！這條帳可大了，她要離開那永不見天日的地方，可能要花上幾千年。

發現阿呆的沉默不語，羽凡就趕緊把輪椅轉走，對著媚媚微笑，不給她們確切的答案，但是給那一抹笑容，會讓媚媚有他們已經答應的錯覺。

他們進入513號房，彭宛華完全睡死，歷經一夜折騰，她只想睡上三天三夜。

六號床簾框了起來，大家躡手躡腳的走到一號床，徐巧巧開始移動床座，扯下床單，然後將床墊翻了過來。

這個小小的動作，原來會把被禁錮的靈魂釋放嗎？放心好了，從今爾後，她一定會很認真的做每一個小動作，永遠不會輕忽！

當她翻過床墊時，有個小小的東西啪的掉落在地。

徐巧巧狐疑的往下探，最後趴在地上，伸長了手去搆取。

她把東西拿出來時，又是個小小的平安符。

「咦？」徐巧巧定神一瞧，很是狐疑的看向阿呆。

羽凡上前拿過那個平安符，臉色一凜，立刻憂心忡忡的遞給了阿呆，那高中男生瞬間露出不屬於孩子的臉龐，神色凝重的瞪著那只符咒瞧。

「我就知道我跟他們的事，沒那麼容易了。」男孩用力緊握了那只平安符。

「那個是……」徐巧巧很好奇。

「以後看到有那三個字的所有東西，請全部丟掉！」阿呆輕聲說著，請羽凡將他推了出去。

小白等在外頭，一見到他們出來，遞過便條紙，仔細的請問了萬應宮的地址跟電話，他打算一下班就先去拜拜，昨天一定沾上了不好的氣息，他想徹底弄乾淨。

雖然他是沒什麼傷，但是每次遇到靈異現象，他總會莫名其妙耗去一堆體力，而且也該順便幫這些小護士們求些有用的平安符，以趨吉避凶。

「還有一件事想麻煩你們……」小白面有難色，有些尷尬。「我不知道你們看不看得到，不過……醫院裡的好兄弟，好像還是比平常多？」

他現在是看不見，但只要有撞到，就會天旋地轉，光是一路從護理站走到 513 號病房，他都已經暈到快吐了。

「喔……」阿呆環顧一下四周，他戴著眼鏡，看得到才有鬼，那眼鏡可是幫他什麼都不要看見的好工具！「大概是這裡剛剛像鬼魂大磁鐵，把附近的遊魂都吸過來了吧！」

「那怎麼辦？」難怪加護病房跟急診處一整夜都不安寧。

「簡單，你只要現在打這支電話找我媽，說我剛跟惡鬼纏鬥，人在醫院就好了。」阿呆在剛剛的便條紙上又寫下一支手機號碼，「她只要趕來，你就帶她坐電梯，每一層樓都停一下就好了。」

「嗄？」小白接過便條紙，丈二金剛摸不著頭腦。

「然後我保證不該留的都不會留。」阿呆很肯定的說著，然後回頭看向羽凡。「我們可以走了嗎？我睏死了！」

「好好！那我們走嘍！過兩天再來換藥！」羽凡很有禮貌的跟小白頷首，然後按下電梯；儘管阿呆最討厭坐電梯，但是現在他可是坐著輪椅，沒辦法！

「等等！同學！」徐巧巧從513奔出來，手上拿著小提袋。「妳的作業忘記拿了！」輪椅上的高中男生惡狠狠的瞪著高中女生，「王羽凡！妳會不會太誇張！我們是來醫院幹嘛的！我又為什麼被撞成這樣！」

「拿、拿作業啊……好啦，我拿到了！等一下你的要借我抄喔！」

「我還要借妳抄？妳會不會太誇張！」

電梯門開了，裡面也有其他醫護人員，羽凡一直拜託拜託，然後推著男生進去。

進去前，男生隨手把手裡的東西丟進電梯旁的垃圾桶

平安符上，也寫著三個字：

『卐應宮。』

※　　※　　※

七樓的 VIP 個人病房裡，有個男人睡得鼾聲雷動，身上有些包紮的傷口，手上還上著手銬。

外頭有警察在站崗，誰叫裡頭是酒醉駕車的肇事者，上學時間喝得爛醉撞上學生，又緊接著衝撞民家，身體有多處骨折，得先送醫治療。

檢查時酒精指數嚴重超標，最過分的是，這個人的背景跟政界有關，一副無所謂的樣子，對於被他撞傷的女學生，也一臉不在乎，甚至表示給錢了事。

「先生。」有人拍了拍他，他抓抓臉，瞇起眼看著。

又早上了嗎？這些該死的護士最煩了，總是一大早就來吵人。

「吵死了！妳們不能晚點再來嗎？」男人揮了揮手。

白衣護士站在他身邊，帶著微笑。

「我來送酒給你喝的耶！」

咦？男人立刻張開雙眼，撐起身子看著站在一邊的護士小姐。她手裡拿著透明的瓶子，笑吟吟的看著他。

「酒？」真奇怪，怎麼大半夜的有護士送酒給他喝？

「是啊，你不是很愛喝酒嗎？」護士走近了他，他才看清楚她手上的酒瓶，寫著「甲醇」兩個字。

那是工業用酒精啊，那種東西哪能喝啊！

「妳在胡說八道些什麼啊！」男人粗口的大罵著，「警察先生！這裡有個神經病的——咕！」

男人說不出話來了，他的嘴被定格似的張得超大，怎麼樣都閉不起來。

「我知道你最愛喝酒了，酒後駕車很爽快是吧？撞到了人也沒有悔意，你知道你毀掉的是一個人的人生啊！」護士從容的扭開瓶蓋，直接往男人嘴裡倒進甲醇。「這麼愛喝酒，我一定讓你喝個夠，放心好了！」

不——不——男人瞠著雙眼掙扎著，但是護士小姐卻毫不留情的拚命往他的嘴裡倒酒精。

他的喉嚨要燒起來了、胃要燒起來了，為什麼警察沒有過來？誰來救救他啊——男人拚命揮動著雙手，痛苦的抓到放在枕邊的護士鈴，用力的按了下去。

嗶嗶嗶。

—尾聲—

「巧巧，等一下妳要確認醫囑用藥喔！」媚媚走進護理站，匆匆忙忙的。

「沒問題！」徐巧巧沒有抬頭，她正在跟紀錄奮鬥。

小白也繞了進來，抽過兩本病歷本。

「我又要去支援ICU了！這邊交給妳可以嗎？」

「有什麼問題！」徐巧巧仰起頭，衝著小白笑。

「後天休假，我們去萬應宮一趟，差不多該去清理一下了。」雖然他身上已經有不少「法器」，但他還是定期會去把跟在身上的遊魂們清掉。

「厚！每次約會都去廟裡，很無聊耶！」徐巧巧咕噥著，難得休假，大半天都在廟裡度過！

小白無奈的笑笑，「我保證會補償妳，OK？我先去巡房了，兩個實習生妳負責嘍！」

「好啦！」她噘著嘴，補償什麼？幫她值大夜比較實在……嗚，可是他們同一組！

「該交代的要交代喔！」

「知道啦！你可以滾了！」

徐巧巧寫上最後一個字，把病歷紀錄蓋了起來；她走到外面，交代兩個實習生等一下要先將器具做消毒，然後再準備巡房。

又是一個不安寧的夜晚，昨天沒什麼睡，今天值大夜真是要硬撐。

她從置物櫃裡拿出一盒巧克力來吃，那是彭宛華送她的，因為她拿到了區賽第一名，跟她分享這份榮耀！

小白跟媚媚也各有好禮呢！這讓實習生好生羨慕，她們不知道那可是屬於醫護人員跟病患間的大秘密……這個秘密，誰都不會說，因為太過血淋淋。

在觸犯禁忌的那夜之後，彭宛華的傷勢恢復迅速，甚至到了可稱為一種奇蹟，她的韌帶不但自行恢復，而且復健也沒有什麼問題，簡直就像是重生一樣。

她們心照不宣，彭宛華甚至肯定的說，那是莊恬真給予的左腳。

彭宛華清醒後才想起，台南縣的女子田徑有幾個強將，莊恬真就是其中一個，她們一直是王不見王的競爭敵手！唯一的一次見面竟然是在醫院裡，那時已然生死兩隔。

所以她回到學校後，重新回到田徑場，在加倍努力之下，很快又開始活躍，因為她得連同莊恬真的份一起努力。喔，至於撞到她那個肇事者……所謂政商關係很密切的男人呢？

徐巧巧站在VIP病房前，看著裡面插著呼吸器跟維生系統的男人，現在這個男人已經變得骨瘦如柴，腹水嚴重脹起，雙腳也水腫得跟紫色氣球一樣，很難跟當初意氣風發、對跟彭宛華的父母報以嫌惡，以為給錢就能了事的威風男人相比。

這位肇事者沒什麼機會服刑，不但酒精中毒、還有肝癌末期等等疾病，就是酒喝得太多了！癌細胞早轉移到其他器官，他疼到每天都得打嗎啡，也一直出現幻覺；老是說有護士要殺他、一直灌他喝甲醇，很常半夜惡夢驚醒，亂按護士鈴，不過她已經習慣了，那是嗎啡後遺症。

咦？徐巧巧一個閃神，好像看到了什麼東西！

她趕緊進入病房，真的有看到一個模模糊糊的影子，在病房裡走動！她搜尋著房間，看著每一個角落，試圖證實自己是眼花。

注意力放在儀器的螢幕上頭，她在想什麼？真的看見了，要對方不要加害這病入膏肓的男人嗎？他已經嘗到了應有的報應，為酒肇事、因酒而亡，這段時間的癌症折磨，應該也夠了。

剎那間，螢幕出現了一張臉龐。

徐巧巧沒有說話，只是瞪大了眼睛，以確認自己所看到的。

她不想假裝沒看見，反而認真的凝視螢幕裡那張熟悉的臉，對方輕輕的笑著，然後徐巧巧回身，她身後並沒有什麼人。

「雯蓁？」她喃喃低語，喚著舊時同事的名字。

她皺著眉頭看著躺在病床上的病患，突然相信起他施打嗎啡後的話語、相信他的夢魘，或許並不是假的。

「妳是護士，別忘了。」她對著空氣說著，然後緩步走了出去。

一走出去就見到外頭一陣慌亂，706的鳳梨阿嬤心室顫動，醫護人員正推著她往加護病房去，人員連同病床，在走廊上奔跑，與生命競賽。

徐巧巧懷抱著疑惑與遺憾的情緒，再次瞥了一眼VIP病房。

難道雯蓁一直沒離開嗎？

大夜班，熟悉與不熟悉的，都在身邊環繞著。

進入護理站，適巧電話響起，就在她的手邊，徐巧巧熟練的接了起來。

「咳咳……護士小姐啊……」電話那頭是老婆婆痛苦的咳嗽聲，「我好難過……都不能呼吸啊！」

徐巧巧定神瞧著打來的病房，是706號，入住病患一人，就是剛剛推出去的鳳梨阿嬤；也就是說，現在病房是沒有人的。

一旁的實習護士也注意到了，蒼白了臉色，兩個人抱在一起，開始發抖。

徐巧巧倒是很從容的，握緊話筒。

「喂！鳳梨阿嬤喔！我嘎妳共！妳要趕快去加護病房啦！聽清楚喔，走出來，坐電梯下去六樓，出去後去找自己的身體啦！」徐巧巧聲音溫柔極了，「嘿！丟啦！快點去喔，去那邊之後就不會不舒服了！對對！再見！」

掛好電話，徐巧巧望著走廊上亮紅燈的光點，706號正閃閃發光；左側的電梯來了，開了門，一會兒又關了上。

「看，要等阿嬤進電梯後，再去把護士鈴按掉，她才不會看到護士來就不走了。」徐巧巧瞧著身邊臉色發青的兩個實習護士。

「第一天值大夜嗎？有些事情要特別注意喔！」

番外・電梯

標仔穿著夾腳拖，口裡嚼著檳榔，手裡拎著一袋麵，一臉別人欠他幾千萬的模樣走進醫院裡。

他像是個兇神惡煞似的，眾人看了紛紛避之唯恐不及，誰叫標仔穿著無袖汗衫，左手臂滿是龍騰刺青，右手臂佈滿虎躍，就連背後也滿滿的是刺青圖樣，一路延伸到頸子後方。

理了個小平頭，橫眉豎目，滿臉鬍碴，走起路來威風八面的，每個人看到都以為大哥蒞臨，誰敢靠近一步。

標仔擰著眉看路標，護理站的護士屏氣凝神，因為那個平頭流氓看起來好像在瞪人喔！

「小姐！」他以不流利的台灣國語開口了，聲音低沉粗嘎。

「是！」護士挺直腰桿，差點沒有喊聲長官！

「我要去那個什麼佑生大樓 5A 什麼小朋友的……」檳榔汁染滿了他的唇，看起來真是唇紅齒也紅。

「前面那部電梯！」護士小姐準確回答，指了右前方走廊。

「好！謝謝！」他操著不流利的國語旋身就往電梯走去。

電梯前站了一個高中生，筆挺的高中制服，戴著副眼鏡，看起來相當斯文，一臉就是優等生的模樣。

學生只是瞥了他一眼，就繼續看手上的書。

電梯抵達，裡頭魚貫走出人，眾人一看見門口的彪形大漢，紛紛選擇學生旁邊的縫隙鑽出去，深怕不小心碰到標仔，就會被海扁一頓。

醫院的電梯都不小，標仔一進去就站到角落，學生則站在門鈕邊，將門關上。

電梯開始往上升，但有點歪歪斜斜的晃動著，連標仔都狐疑的往上望，怎麼跟地震一樣不平穩？

果然，不出兩秒，電梯劇烈左右晃動兩下，喀噠，停了。

「哇呀！」電燈閃爍幾下，忽地暗去，讓高中生嚇了一大跳！

「幹咧……」標仔緊扶著電梯裡的扶手，也心驚膽顫。

電梯裡的燈在全滅後，花了五秒鐘點亮備用燈光，那燈光昏暗不明，讓這狹窄的空間更添恐懼感。

高中生立刻拿出手機試圖撥號，標仔看他慌亂按了幾次，就知道訊號不良了。

「厚！」他發出急躁的聲音，「這樣我補習會來不及！」

「補習喔？」標仔自然的接口，看了看腕上的錶。「現在才五點多。」

高中生瞥了他一眼，不耐煩的走到電梯鈕邊，按下紅色的求救鈕。

『喂？』

「電梯停了，我們被困住了！」高中生大聲喊著。

『嗄？好好！不要慌亂喔！我們馬上修！』

對講機那頭沒了聲音，高生生滿臉不爽的用力往牆上搥去，不停的低聲咒罵著。

「這個沒事的，一下子就可以出去了。」標仔看著手中的麵，「我擔心我的麵爛掉！」

「麵爛掉又怎樣，有得吃就很好了！」高中生一臉不屑，「我補習比較重要吧，後天就要考試了，沒事生什麼病！」

哇……標仔驚訝的看著眼前的高中生，怎麼看都不超過十八歲吧？講起話來挺衝的。

「你的誰生病啊？」

「奶奶……囉哩叭唆的老人家，動不動就生病，只會咳咳！怎麼不快點死一死！」高中生越說越激動，滿臉忿忿不平。「要是姑姑不付醫藥費，我下學期連學費都沒了！」

「話不是這樣說吧？好歹他是你奶奶耶！」標仔聽了就刺耳，「你如果不想來看她乾脆別來了，我要是你奶奶，看見你這種態度我會提早氣死！」

「我也不想來啊！問題是我爸媽都不知道死到哪裡去，就剩我跟她住在一起，我不來她讓醫院一直打給我！」高中生暴躁的抱怨著，「我怎麼這麼衰啊！別的同學就可以買一堆東西，過得輕鬆自在，我就要一下課衝過來照顧老不死的人！」

聽起來很像是相依為命，但怎麼還會養出這種孫子啊？自私自利，根本沒在管老人家死活！

「哼！」標仔嚼著檳榔，「我看你們年輕人念再多書也沒用，基本禮貌不懂就算了，連對親人都這麼自私！」

高中生看著標仔，毫不懼怕的冷哼一聲。「那是你們這種低等的人才會用這種藉口說服自己，我們同學通通都是這樣！功課好、家裡有錢就是王！這個社會上只看優秀的人，誰會去看你這種滿身都是刺青、沒念什麼書的傢伙！」

「你系哩供三小朋友啊……」標仔聽了怒火中燒，逼近了高中生。「書念這麼多都念到哪裡去了！」

「你想幹什麼！閃遠一點啦！」高中生總算有點懼意，往後貼上門板。「你敢動我我會告你傷害喔！」

「靠，林北還要怕你這個小子就對了！」

「我警告你喔，你——」

『您好！久等了，電梯已經修復嘍！』對講機突然傳出聲音。

叮！電梯跟著傳來聲響，這讓電梯裡爭執的兩個人面面相覷，他們不約而同的往數字看去，電梯依然停在三樓半……

唰，門突然打了開。

那道門位在地板上，剛好就是高中生腳下踩著的那塊地，措手不及之際，標仔眼睜睜看著地板向兩旁開啟，高中生就這麼筆直的落了下去。

「哇——」他瞠大雙目伸長了手，標仔試圖要抓住他。但是來不及，高中生落下，門又闔了起來。

標仔不可思議的望著這一幕，心驚膽顫的看著自己腳下的地板，慌亂的想要將兩腳蹬上牆，萬一等會兒地板突然也裂開了那怎麼辦？

才想著，燈忽然全數亮起，明顯的電力供給聲傳來，電梯晃動兩下，就順利的往上走了。一路抵達十一樓，全無阻礙，標仔走出電梯時，臉色蒼白，冷汗涔涔。

剛剛……那是怎麼回事？

他很想告訴自己是眼花了，但是那高中生的身影如此清晰，他摔下去的慘叫聲猶在耳畔，這怎麼會是假象呢？

他逼自己鎮定，三步併作兩步的趕緊走到病房去，手裡的麵怕是爛了。

「阿嬤！」他一進病房，就趕緊拿碗出來盛。「歹勢啊，剛剛電梯壞掉，麵麥爛去啊啦！」

「沒關係沒關係！」老人家吃力的爬起來，開心的笑著。「你無來我丟就高興啊！」

「來來！」標仔把麵端到老人家面前，「趁熱吃！」

「好好！」老人家顫抖著手拿起筷子，標仔看了不安，直接拿過筷子，把麵移到自己面前。「我餵妳啦，阿嬤！」

「噯喲！」老人家有點不好意思，推拒著。

「來，啊——」雖然老是粗手粗腳的，但標仔還是小心翼翼的把麵吹涼，送進老人家嘴裡。

老人家害臊，但卻是滿滿的窩心。

對床坐了另一個豔羨的老婦人，總是咳個不停，瞇起眼看著他們，再不停的望向門口。

「伊孫還未來！」阿嬤悄聲說道，「聽說系優秀ㄟ高中生，放學要直接過來的，到現在還未到。」

一聽見高中生三個字，標仔心頭難免一凜，心想著不至於那麼巧，阿嬤跟那高中生的奶奶同一房？

不過一直到探病時間快結束，那位奶奶還在枯等著孫子。

這讓標仔於心不忍，硬是跑到樓下又買了碗麵上來，請那個望穿秋水的奶奶吃，還幫兩個老人家買了小甜點。

那個不停咳嗽的奶奶暗自抹淚，標仔是個粗人，他也只會在工地工作，安慰這種事他不會。

臨走前那奶奶哭著跟他道謝，害得他又不知道該怎麼應付。

標仔懷著感動、害怕又狐疑的心情走向電梯，腦子裡盈滿了下午在電梯裡發生的事情，仍舊匪夷所思；直到他走到電梯前，他瞠目結舌的望著一堵白牆，莫名其妙。

咦？這裡……他左顧右盼，不是該有部電梯嗎？

「先生，我們會客時間結束了喔！」一個白衣護士推著車子走了過來，「電梯請往回走，左轉就看到了。」

「咦？可是……可是這裡……」標仔指著眼前的牆，說不出話來。

「可是？」護士眨了眨眼。

「我今天上來時，是搭這部電梯……」哎呀，標仔又慌又急，說不定護士小姐把他當成神經病了。「啊！沒事，我搞錯了！對不起對不起！」

他急急忙忙的拖著拖鞋，飛快的往護士說的方向走去。

護士狐疑的看著他的背影，再望向那堵白牆。

「又帶走一個衣冠禽獸嗎？」她拍了拍白牆，「別傷到無辜的人就好嘍！」

她再回首看了標仔一眼，雖然看起來是兇神惡煞，卻有顆真正善良又柔軟的心嗎？

「巧巧！」迎面走來爽朗的男人，「1208 病房今晚要特別注意！」

「沒問題！」

「站在這裡幹嘛？妳要搭傳說中的電梯啊？」

「今天好像又帶走一個人耶！」

「哇，上次好像是西裝筆挺的主管，把爸媽扔在醫院不管，這次不知道是誰？」

「不知道耶，反正一定是爛人。」

「去問雯蓁好了。」

「哈！好啊，我先去換個點滴喔！」

護士與護理士輕快的離開，而那堵白牆裡的電梯，依然存在於醫院裡，靜靜等待著……

禁忌

化劫

楔子

那是半山腰的一間小廟，不知道何時建立的，只知道廟宇不大，又座落在荒山野嶺之中，鮮為人知。

但是這半年來，突然香火鼎盛，香客不絕，傳聞其廟籤奇準、神明靈驗，拜求什麼皆能如償所願！拿兩個月前悽慘落魄的某張先生來說，所有心血放進連動債裡，去年中一場金融風暴，半生心血全成泡影。

年底不知誰介紹去那小廟，張先生鮮花素果奉上，誠心請求拜託，沒兩個月，租車生意竟然好到沒話說，還回廟裡添了十萬元的香油錢！還有某個失業半年的單親爸爸，來這兒求神拜佛並跪在堂前痛哭流涕，祈願否極泰來，讓一家老小過得安穩，他保證還願……那週的樂透彩，真給他中了六十萬，現在拿去做小本生意，而小吃攤的生意也極興隆！

聽說還有個李太太，也來這兒添了微薄的香油錢，因為公司面臨倒閉，金額周轉不靈，沒有兩個月，她就得了一筆意外之財，總共三千萬元！

這廟，能不旺嗎？

最旺的主因，應該是這廟裡有位活菩薩！

信徒們擠滿了廟門，裡頭跪滿了磕頭的信眾，他們雙眼全望著站在前頭的一個女人。

女人穿得樸實，一身素淨的道服，站在桌前，旁邊是偌大的香爐，後頭一張方桌上鋪著黃巾、再後頭是兩人高的桌子也鋪著黃巾，最後頭左右是大小神明尊駕，正中間的，則是觀世音菩薩。

女人就站在觀世音菩薩的前方，中間隔了許多香案。

「菩薩啊……顯靈啊！」信眾們喃喃唸著，所有人齊心所念，那祈願的聲響轟隆隆的。

「顯靈啊……」

只見女人面無表情的一睜眼，動作靈巧的一撐後頭桌面，彷彿拍武俠劇一般，翻個身就上了後頭香案。

更誇張的是，她四周毫無可攙扶之物，宛若飛翔，竟定點一躍，又翻上後頭那高兩公尺半的神桌上頭！

一跳上桌，她絲毫不含糊的就地盤坐，右手端出蓮花指，那動作跟後頭那尊菩薩金身，是如出一轍啊！

「活菩薩啊……活菩薩顯靈了！」有信眾激動的大喊，兩行清淚感動的落了下來。

親眼見到那不可思議的景象，所有信與不信的人們，全都不自覺的跪下了雙膝，那女人突然展露出無法形容的威嚴感，那神態宛若菩薩再世。

大柱後的人影微微一笑，那笑裡摻雜著令人不寒而慄的陰邪。

女人俯瞰而下，信眾萬頭攢動，從廟裡堂前擠到外頭，甚至出了半山腰，那上山的羊腸小徑上也全是叩拜求佛之人。

活菩薩依然聖嚴的坐定桌上，那眼似閉非閉，垂著眼睫，彷彿看著芸芸眾生。

只是，沒有人能看清，在三公尺高的活菩薩臉上，也落下了晶瑩的淚。

誰來救救我？女人好想大吼出聲，可是她完全動彈不得！

這不是我！有人佔用了我的身體，他、他才不是菩薩，他絕對不會是！

誰來救救我啊！

第一章　化劫

儘管寒風刺骨，但是依然掩不去年節氣氛，大街小巷鳴放著鞭炮，家家戶戶換上了新門聯，大人小孩全換上新衣，迎接嶄新的一年。

廖舒雅也不例外，她幫兩個小孩子打理乾淨，五歲的男生刻意穿上中國古式的深藍棉襖，戴了頂可愛的帽子；七歲的姊姊當然是穿上大紅色的棉襖，還細心的為她紮了兩束頭髮，繫上紅色的蝴蝶結。

大年初三，廖舒雅準備帶著全家人，一同去廟裡拜拜，求個平安，今年是牛年，他們夫妻跟爸爸媽媽都屬牛，犯太歲，也得去點個平安燈。

一家人和樂融融的出了門。休旅車坐起來還算寬敞，老公開車，她坐身邊，公公婆婆坐在後頭，抱著兩個可愛極了的孫子。

「妳有打電話給媽了嗎？」趙友志發動引擎，順道問著，他問的是岳母大人。

「打了！媽他們已經準備好了，就等我們過去。」後頭還有兩個位子，是給她爸媽坐的。

「妳妹在幹嘛？為什麼過年到現在只見到她幾秒鐘？」趙友志不禁抱怨起來，「妳爸媽住在她那裡，好歹也應該照料一下吧？」

「就跟你說妹妹不拿香的，你想要她帶爸媽去廟裡，根本不可能。」廖舒雅很討厭老公計較這個，怎麼帶自己的爸媽去廟裡求平安就理所當然，帶岳父岳母就有意見？

「唉呀唉呀，沒關係！都順路啊！」公公趕緊開口打圓場，「我們都很喜歡跟親家一起出去，你們就別在意了。」

「爸！問題不是這個！你不覺得她妹很會推卸責任嗎？」趙友志從後照鏡看了父親一眼，哪有父母住在妹妹那兒，什麼事都要姊姊出馬的？

「她忙嘛！我們也不是特地去的，你就少說兩句吧？」連婆婆也尷尬的看不下去了，「那是舒雅的父母，你就不能放寬心點想嗎？」

「媽說得對！」好不容易得到支持，廖舒雅抓緊機會。「那是我爸媽，你就不能設身處地想一下嗎？」

一連被三個人攻擊，趙友志只得不甘願的閉嘴，事實上他心裡可不這麼想！他爸媽是他爸媽，舒雅已經嫁來他們趙家了，就是他們趙家的人，再怎麼親也不能跟娘家的人親吧？

任何人都可以說他是大男人主義，他無所謂，因為這社會上多的是他這種人，只是在於大家敢不敢講而已；多少年輕夫妻看起來好像受過文明教育、受外國文化影響，婚前說什麼婚姻自由萬歲，婚後呢？還不是一樣依循傳統路線，要不是跟公婆住、要不然就是要常回公婆家。娘家？都嫁出去了，常回娘家幹嘛？

坐在一旁的廖舒雅心情當然嚴重被影響，難得早上還開開心心的，一上車就被老公惹毛了！

她真搞不懂為什麼婚前婚後會兩樣情？婚前老公一副浪漫無私的樣子，什麼婚後大家都是自由的，她不會有任何壓力。結果呢？三天兩頭往婆家跑，吃飯團聚什麼的，她一抗議就說她不孝，對公婆有意見。

再沒幾年就藉故讓公婆住進來，多了兩口子，她壓力能不大嗎？偏偏老公樂得輕鬆，他再也不必做家事，反正他媽媽會做，而且終於有人負責煮飯，他更開心了。

可憐的就舒雅自己了，能什麼事都讓婆婆做嗎？能每頓飯都讓婆婆煮嗎？她可是職業婦女，回來還要假裝搶事做，老公卻一天到晚以加班為名，去吃宵夜去聚餐的，薪水還比她少，卻放她一個人跟公婆相處。

她真的累了！所以她想趁著過年去廟裡拜拜，順便看能不能改個運。

「我們要去哪間廟拜啊？」接到舒雅爸媽後，媽媽開口問了。

「就在山裡的一間小廟，我朋友介紹給我的，說感覺還不錯，籤很準。」

「小廟？」岳母有點遲疑，「去小廟點平安燈妥當嗎？一般不是去大廟比較好嗎？」

「可是我朋友說那兒很不錯，而且離我們家也近啊！」廖舒雅按著地圖索驥，「前面要左轉！」

「妳早說嘛！」趙友志斜瞪了老婆一眼，女人就是這樣，不懂得提前讓駕駛反應。

「還有十公尺耶，你是手殘了不會轉方向盤嗎？」不在乎車上四老，廖舒雅立即反擊回去。「不會開車的話我來開！」

「哼！笑話！我不會開車！」男人永遠剩一張嘴。

廖舒雅冷冷的笑著，她開車次數沒比他少到哪兒去，連開山路都能四平八穩，哪像老公開車是顛簸搖晃，每次都晃到小孩子吐得滿車。

小孩子知道爸媽又要吵架了，兩個人縮在爺爺奶奶的懷裡，而公婆不由得回看親家，四個人擠眉弄眼的，達成噤聲的共識。

車內就這樣瀰漫著緊繃的氣氛，一路到達半山腰的一間小廟。

廟真的不大，香客也不多，廖舒雅一家人下了車，添了香，然後開始祈求新年的順遂與希望。

拜完，趙友志夫妻就都求了籤，拿到解籤處去，等會兒再一起安燈。

「啊，不好。」解籤者一臉憂慮。廖舒雅也知道不好，因為她的籤上寫著「大凶」兩個字。

「籤是什麼意思？」趙友志也有點緊張，因為「大凶」這兩個字在新年時看來格外刺眼……而自己的是「凶」，也好不到哪裡去。

「這位太太在今年不但有血光之災，而且怕是連綿不絕……從意外到病痛全部都有可能，職場上也有凶星。家庭的話……」解籤者一沉，搖了搖頭。「恐怕會四分五裂，家中或許還有喪事。」

廖舒雅聽完簡直花容失色，她下意識的緊握住丈夫的手，這是什麼籤啊，豈止是不吉，簡直就是要判她死刑了嘛！

「這是大劫吧？那我活不活得過明年？」廖舒雅憂心忡忡的問著，她的孩子都還小啊！

「這我也沒把握。」解籤者實話實說，聽得她差點沒昏過去。

「改運，大師，可以改運吧！」趙友志立刻摟住妻子，給予她安心的依靠。「至少可以化成小劫，我們小心點就是了。」

「這個嘛，不是我的範疇了。」

「拜託您了！一定有什麼方法可以化解的！」廖舒雅激動的拜託著，「我們要點平安燈，要我點什麼都可以！」

「嗯……」解籤者拿出兩張白紙，「請兩位各自寫下生辰八字，我得去請教師父。」

不由分說，趙友志夫妻雙雙飛快的寫下自己的生辰八字。

解籤者站了起身，「我去請示師父，請二位稍等。」

廖舒雅全身不自主的發著抖，恐慌的看著丈夫。趙友志只是輕聲的安慰她，雖然這種事沒個準，但遇到「大凶」時，人總是會選擇寧可信其有。

一會兒長輩們帶孩子過來，趙友志則去跟他們簡單溝通——說要改個運，所以可能要久一點，請他們帶孩子去外頭晃晃。

然後他又回到廖舒雅身邊，等著解籤者出現。

等了約莫十來分鐘，解籤師終於從後頭走了出來，請他們往裡頭走，說師父有空，也覺得有緣，願意試它一試。

廖舒雅緊張的由丈夫陪同走到了廟後。他們先穿過一道藍色布簾，再越過一個又一個的門檻，整間廟沉香繚繞，灰濛濛的，莊嚴的誦經聲不絕於耳，讓廖舒雅的心情稍稍鎮定。

他們終於走到了盡頭，來到走廊左手邊的房門前，尚未出聲，裡面就傳出了「請進」的聲音。

夫妻倆互看一眼，深吸了一口氣，走了進去。

那是間四坪大的房間，沒什麼特別的，只有一張木桌、一座神壇，和坐在桌前的一個男人。

他抬起頭，廖舒雅赫然發現這位師父的右眼是盲的。

「師父。」趙友志恭敬的行了禮。

「法號藏真。」他起身，回了禮。「兩位請坐。」

他們坐了下來，這間房間相當昏暗，古式的窗子透著外頭的光，桌上點了許多蠟燭，藉此照明。

廖舒雅看著坐在正對面的藏真師父。他的右眼是閉著的，她之所以知道那隻眼睛失明，是因為右眼上有嚴重的傷痕，像是被什麼東西戳刺過一樣。

「大劫……不好！很不好！」香案上放著他們的生辰八字，藏真師父緊皺起眉，模樣相當凝重。

「請儘管告訴我們化解的方法，我們都會去做的！」廖舒雅簡直快哭出來了！

「不急，劫數多，但不代表不能化。只不過您的家人或有傷亡，我想要化劫就一起化吧，家裡還有哪些人呢？」

「我……他們有來！」廖舒雅語不成串，趕緊看向趙友志。「老公，你去帶爸媽他們來！」

「好……妳一個人在這裡沒關係吧？」他有點擔心。

廖舒雅搖了搖頭。跟師父在一起有什麼好擔心的？

趙友志拍了拍她的肩，再跟師父行了禮後，就往外走出去找父母跟孩子。他想，師父說得對，如果劫數顯示出家中有喪，那表示親人中或許有人將面臨劫數。

「師父，化劫可以到什麼地步呢？」

「這要看你們的努力了！除了我這裡之外，你們凡事須格外小心謹慎，意外之禍、血光之災不可避免，至少能化小。」

「那要……」廖舒雅有些語塞，因為她可以想見這樣得花一大筆錢。

「您不必想太多，這只是種緣分。平安符是必然要請的，還須改變風水，平安燈也必然得點，其他部分就不必施主破費了。」

「嗄？就、就這樣？」廖舒雅不是喜歡當冤大頭，但是她以為改大劫之凶運應該所費不貲吧。

只見藏真師父微微一笑，不再多說話。

往外走的趙友志急急忙忙的想找自己的家人，後堂相當靜謐，只有一些和尚在誦經打掃，可是不知道怎麼回事，就是沒辦法感覺輕鬆。

『不行……』

有個沙啞的聲音，不知從哪兒傳了過來。

趙友志停下腳步，四處張望，卻沒有看到人影。

『快走，』才邁開步伐，那聲音又出現，『快點帶著你的老婆離開啊！』

趙友志一驚，這話說得也太明顯了，他聽得很清楚，真的有人在跟他說話！

右手邊全是禪房，但是聲音卻不是從裡面傳出來的，他狐疑的往一旁的穿堂看過去，一探究竟。

沙沙……有聲音響著，明顯感覺得到，正衝著他而來。

他跳下高出平地的走廊，往一旁的穿堂走去。這兒也立了一些大神像，其餘就是滿滿的書庫，他實在搞不懂空蕩蕩的，哪來的聲音！

『走！走！』

突然間，那老者的聲音又出現了。

趙友志仔細分辨聲音的來源，發現來自左前方。那裡有面石牆，牆上有一排架子，架上放了許多以紅巾緊裹著的立方盒。

那些盒子是什麼？他走近一瞧，每個盒子上的紅巾都寫滿了密密麻麻、咒語一般的字。然後，他發現在那些盒子後面，似有一尊神像！

伸長了手，他想挪開盒子，看看藏在後頭的東西是什麼——

「施主！」後頭有人厲聲一喝，嚇住了趙友志。

他怔然回首，那是一個小沙彌。

「不能碰的！」小沙彌飛快的跳了下來，快步走向他。「這裡全是被封印的東西！」

「封印？」趙友志不自覺的嚥了口水，聽起來怪可怕的。

「是啊，全是信徒送來的、不好的東西，裡頭有許多邪靈惡鬼，全被封印著，在這兒聽經『淨化』呢！」小沙彌擋在他前面，不再讓他靠近。

「是喔。」趙友志聞言，果然下意識的後退了幾步。「那藏在後頭那尊是……」

「也一樣。」小沙彌說著，稍稍讓開身子。「您沒瞧見，上頭貼了一大張符呢！」

趙友志定神一瞧，可不是嘛？他瞧不見佛像的樣子，不過上頭真的封了一張大大的符。

「真對不起……」他尷尬的點頭致歉，趕緊往回走。「符都是裡頭那位藏真師父寫的嗎？」

「是啊！藏真師父可厲害了呢！」提起藏真師父，小沙彌一臉自豪的模樣。「您來找師父嗎？」

「是，我妻子大劫，藏真師父說要幫我們消災解厄！」提起這件事，趙友志才想到得快點去叫爸媽進來。

「哦～那您們可幸運了！藏真師父不隨便幫人的呢，您們一定是有緣人！」小沙彌天真的笑了笑，「您放心好了，有藏真師父出馬，我們這廟又有活菩薩，一定能幫到您的！」

「活菩薩？」趙友志挑了挑眉，這孩子說起來跟真的一樣。

「是真的！藏真師父說，我們這裡是——」話說到一半，小沙彌突然哽住了！他神色蒼白的往前看，然後行了個禮，跟逃難一樣的匆匆離去。

趙友志狐疑的往前頭看，在走廊上，不知何時站了解籤人，就站在前廟的門口，對著他笑。

那小沙彌怕區區一個解籤人嗎？他覺得莫名其妙。

「我在找我的家人，師父說要幫他們化劫。」他跳上走廊，跟著解籤人往外走去。

廟外頭，四個老人坐在外頭的椅子上聊天、陪孫子玩，小孩子不如平常的活潑好動，反而待在長輩身邊，不怎麼亂跑。

這間廟宇建在一塊空地上，附近都是竹林，趙友志快步走向他們，眼尾餘光卻發現有黑影迅速的在竹林裡穿梭。

他停住，往左方瞧去，一片綠色的竹林，陽光灑落，沒有什麼異樣。

「奇怪……」他皺起眉，為什麼今天老是覺得怪怪的？

「爸爸！」五歲的安安跑了過來，「那個是什麼？」

一隻小手，指向竹林的方向。

「竹子啊！」趙友志抱起了他，和藹的笑著。

「不是啦！是剛剛跑過去的東西！」安安噘著嘴，小腦袋往後轉。「『他』跑不見了！」

趙友志跟著向後看，卻什麼也沒看到。可是，剛剛的確有個黑影掠過……

「爸爸，我們什麼時候要回家？」另一隻小手，拉住了他的衣服。

他再低首一瞧，是七歲的柔柔。「再一下下喔，你們要乖。」

「柔柔討厭這裡。」柔柔一臉快哭出來的樣子，「這裡好可怕！」

「呵呵……這叫莊嚴肅穆！算了，跟妳說也不懂。」很少小孩子會喜歡廟宇的沉重氣氛吧！

他拉著兩個小孩，往四位長者那兒去，並向他們簡單的說明了原委：結果意見立刻分歧。他自個兒的爸媽認為那些運呀劫的都是胡說八道，自己小心點比較實在，自然不信籤師所言。

而舒雅的爸媽則是一臉驚慌，急著要跟進去化劫，還一直追問籤上是怎麼說的。

所以最後是由他的爸媽帶著孫子繼續在外頭散步，他們承諾會去點個平安燈，但是其他就免了！他根本勉強不來，或許這種東西真的是信則有、不信則無吧？

最後他就只就帶著岳父岳母，一同回到廟的後方：藏真師父的小房間裡。

到了那兒，藏真師父顯得有點失望，他再次詢問趙友志的父母及子女確定不入內化劫後，語重心長的說了一句「吉人自有天相」，便開始審視廖舒雅父母的八字。

他算了算，說來大凶還是落在廖舒雅身上，趙友志則是小凶，而廖舒雅的父親健康流年不佳，由他一併處理。

趙友志夫妻都沒見過化劫的方法。他們只見藏真師父分別將他們四人的生辰八字寫在一張特別的紅色符紙上頭，然後恭恭敬敬的帶到神壇那兒去，喃喃唸著他們聽不懂的話語，緊接著，再一張張燒去那些符紙。

每張符紙都被火緩緩燒燬，但唯有最後一張，冒出詭異的大火，而且那火竄燒之旺，還讓藏真師父立即鬆開了手，任那符紙往地上落去。

所有人都失聲尖叫，趕緊跳了起來往門口退，只是再定神一瞧時，那紅紙上的火業已熄滅。

同一瞬間，神桌上每根燭火也突地燒得旺盛，好像透露著什麼訊息似的。

藏真師父看著神桌上的燭火，認真的環顧一圈，然後緩緩看向廖舒雅。

「怎、怎麼，」廖舒雅喉頭緊窒，倒抽了一口氣。「為什麼會……」

「那表示，您的劫數相當巨大啊！」藏真師父搖著頭，輕輕的嘆了口氣。「不過幸好，大致是化掉了。」

「嗄？化、化掉了？」趙友志倒是錯愕，「就那樣？」

「呵，趙先生，很多事不像您想像中的複雜！您該不會認為我們得辦一場法會吧？」藏真師父輕輕笑著，「的確是已經解決了，現在，只要到外頭點上光明燈即可。」

哇！一家人面面相覷，看來是遇上了高人，三兩下就能把所謂大凶的劫數化解了？

他們再走回廟前，趙友志還是有點好奇的往木架上寫滿咒文的紅布望去，不知道為什麼，他一直覺得剛才那聲音很像在警告些什麼。

趙友志的父母也前來會合，他們一同點了光明燈，再次虔誠的對著觀世音菩薩膜拜，然後離開了廟宇。

廖舒雅覺得自己真是幸運，提前知道來年的劫數，還遇上了高人化劫，相信來年一切都會事事順利，逢凶化吉。

一行人終於喜極而泣的離開，離開前再三跟藏真師父道謝，他面無表情的回禮，直到送他們出去。

坐在休旅車上，安安疑惑的趴在車窗上，看著這間不好玩的廟，為什麼這廟看起來黑黑的呢?爸爸媽媽都沒有發現嗎?廟裡面一堆堆黑黑的、像煙的東西，又不會飄耶!

柔柔也坐在弟弟身邊，她討厭這間廟，地板上有好多可怕的手一直冒出來，想要抓住她的腳呢!

這間廟，怎麼那麼可怕!

※　※　※

解籤者走進小房間裡，看著桌上數張字條。

「『容器』出現了嗎?」他突然露出一抹詭異的笑。

藏真師父抬起頭來，嘴角也勾了起來，那失明的右眼倏地一睜，裡頭是一顆全白的、無瞳仁的眼球！

「等了這麼久，總算等到了。」他拿起其中一張字條，「就是這個，完美的八字、完美的軀體，完全符合『祂』要的特質！」

「那真是太好了！呵呵！」解籤者也興奮起來。

「我們這廟終於要興了！」藏真師父一臉猙獰，看向解籤者。「快去準備吧！下個月初一，我們就可以請『祂』降臨了。」

「是！」解籤者一副喜出望外的模樣，恭敬的退了出去。

藏真師父再一次看著字條上的生辰八字，不只是八字完美，連磁場也相當符合，雖然還差了一點點，但是已經由他剛剛給的平安符補足了。

完美的容器啊，才能夠盛裝神聖的『祂』。

字條慎重的放在那神壇上方，上頭寫著凌亂且恐慌的字跡。

『廖舒雅』

廟堂後院一陣風刮過，吹得枝葉亂顫，也吹動了藏在紅盒之後，那佛像上的符咒。

符咒向上飛著。

如果趙友志待久一點，他或許可以看見那尊佛像的尊容。

那是一尊被黑漆抹去雙眼，原本慈眉善目的土地公。

第二章　異變

過完年後，大家恢復了正常生活，由於所謂的劫數已被悉數化解，所以廖舒雅生活心境也踏實得多。

只是，她最近覺得一直有人在盯著她看。

她的手放在方向盤上，平穩的駕駛，她得趕回去做晚餐，今天公婆都外出，孩子給爸媽顧，她還得去接回來。

這麼想著，她轉向了右邊，準備先到娘家去接孩子。

下意識的往後照鏡瞥一眼以策安全，她卻突然看到一雙眼睛——那不是她的眼睛！

軋——！

廖舒雅在一個路口踩了緊急煞車，後頭的車子差點閃避不及，氣憤的喇叭聲頓時大作！

說時遲那時快，不知哪兒突然衝出了一輛卡車，直接撞上她前方裕隆的尾端，跟扔骰子一樣，車子拋飛了出去！

現場尖叫聲此起彼落，卡車衝撞進田間，車頭幾乎全毀，直直插在土裡；被撞飛的白色裕隆連續撞上了好幾根電線桿，整台車子嚴重扭曲，有一隻斷手甚至血花四濺的躺在路中央。

廖舒雅呆看著前方的慘案，原本繞到她右手邊正準備開罵的小客車，也完全傻掉，他的手還伸在半空中，本來要朝她比中指的……沒想到她這個緊急煞車，卻救了他們一命！

廖舒雅也知道，要不是……要不是她煞了車，只怕現在她早已被攔腰撞上，說不定已經……天哪！她慌張的再往後照鏡看，裡頭映著的還是她的容顏，並沒有什麼其他人。

廖舒雅不安的回過頭，她剛剛真的看見了一雙不屬於她的眼睛啊！

「喂……我趕不及回家了，你去接孩子好不好……你發什麼火啊！我差點出車禍了！」廖舒雅打了電話給丈夫，他們怕是得協助警方做些筆錄。「我沒事、我沒事，但是我前面那台車很慘，我描述一下事件經過就會回家。」

趙友志不安的一直詢問她的狀況，要不是她再次清楚的表明自己毫髮無傷，說不定他就要衝來車禍現場了。

這時候她總算覺得有點安慰，至少老公還是很擔心她的安危。

沒多久，救護車跟警車都來了，廖舒雅將車子停到一邊，主動下車協助警方，並告訴他們她所目睹的過程。

「靠夭喔！嚇死我了！那個小姐緊急煞車時我還在問候她祖宗咧！」一旁嚼檳榔的小客車車主說得活靈活現，「結果那台卡車就這樣衝過去了！厚哩嘎在！要不然我跟在她後面，一定也『咪咪帽帽』！」

「廖小姐，妳為什麼會突然煞車呢？」警方好奇的是這點，「那時路口是綠燈。」

「……我、我嚇到了。」她下意識的說出實情，但瞬間才想到，難道她要跟警方說她在後頭看到一雙眼睛嗎？「就不知道怎麼回事，我突然就踩了煞車！」

「不知道怎麼回事？小姐，在綠燈的情況踩煞車，也是很危險的！」警方更加懷疑了，「那是後頭沒有發生追撞，要不然……」

「要不然我已經被撞死了！」廖舒雅不耐煩的回應著，「不要問我為什麼，反正我就突然踩了煞車，好像有人要我踩就對了嘛！」

此話一出，現場鴉雀無聲。

圍觀的民眾、嚼檳榔的小客車車主，還有警方，全都面色怪異的互相看著，然後擠出僵硬的笑容。

「啊，祖宗有保佑啦！」小客車車主走過來，豪氣的給她拍了一下背。「去去！大難不給他死，必有『後胡』啦！」

廖舒雅被他的台灣國語激得笑了出來，她點著頭說謝謝，然後再看向車禍現場。

天已經黑了，路邊全用探照燈照明。吊車正吊起插在田裡的卡車，卡車司機剛剛已經被拖了出來，聽說脊椎斷成兩截，已經沒有生命跡象；那台裕隆車呢？車主在車禍前手剛好伸出窗外，被不知怎樣的力量削飛出去，而剩下的軀體……也隨著車子扭曲了。

那場景怵目驚心，廖舒雅於是想到了，若不是廟裡為她化了劫，說不定現在全身血紅卡在車子裡的人，就是自己也說不定啊！

一想起這個，她反而更加害怕，誰知道未來還會發生什麼樣的事？她匆匆上了車，趕緊返回家裡。趙友志一聽見她的車聲，便焦急的衝出來！她才關上車門，便被人抱了個滿懷。

「噯……」她有點羞赧，「我沒事啦！」

「我看到新聞了！真慘！」老公主動為她提過手上的東西，「我剛去買了豬腳麵線，吃一點，去去霉運！」

「老公，我在想喔……會不會是『化劫』的效果？」她再把情況說了一次。

接著，夫妻倆趕緊拿出身上的平安符，誠心的感謝祈禱，感謝那靈驗的廟宇給予的平安保障。

這天趙友志特別體貼，不但買了豬腳麵線，還買了她愛吃的紅豆湯圓，難得爸媽不在，所以他們一家人享受了愉快的天倫之樂，到了晚上……他們就更自在的享受敦倫之樂了。

只是，趙友志睡到了半夜，卻發現懷中的妻子不見了。

「舒雅？」他睡眼惺忪的坐起身子，在黑暗的房內，透過窗外照進來的光線，隱隱約約在角落看見一個人影。

這個家是舊式三合院修建的，內部重新裝潢過，外頭有曬穀場，現在是停車場，而他們夫妻倆的房間位在面向馬路的角落，路邊剛好有盞路燈，即使房內全暗，還是可以藉光照明。

趙友志下了床，往房間深處走，那兒是廖舒雅的梳妝台跟衣櫃，她正站在衣櫃前的立鏡前，動也不動。

「舒雅？」他皺著眉，走到她身邊。「妳在幹什麼？」

邊說，他搭上了老婆的肩。

電光石火間，一股力量不知從何而來，趙友志只感到一股衝擊，他直接就被彈了出去！

他騰空飛起，向後直直的撞上旁邊的窗櫺！

「放肆！」廖舒雅向落在右方的他冷冷的睥睨著，「誰准你碰我的？」

唔……趙友志簡直痛死了！他撫著後腰椎，聽著妻子莫名其妙的話語，胸中只有一股怒火翻騰，他沒想到舒雅會突然推他！

「妳在幹什麼！」他吃力的站起來，才發現他竟離妻子那麼遠。

舒雅有這種力氣嗎？他覺得奇怪，而且他剛剛……真像是被推飛過來的。

再抬起頭，廖舒雅與他面對面，但一雙眼神卻詭異至極。

她像在瞪著他，眼睛瞪得又圓又大，彷彿極力的要把眼珠子瞪出來似的，又面無表情的重新轉過身去，然後在床前的地板上，就地坐了下來。

她在打坐。

趙友志渾身上下覺得不舒服，他的背還在痛咧！他小心翼翼的靠近妻子，發現她真的盤坐在地，手呈蓮花指，直直瞪著前方。

「舒雅？妳是怎麼了？哪裡不舒服嗎？」趙友志蹲下身來，輕聲的問，誰叫老婆那眼神太駭人。

廖舒雅沒回答他，只顧著唸唸有詞，她的唇一直在開闔，但是趙友志卻幾乎聽不到她的聲音。

因有前車之鑑，他不敢隨意碰她，他只敢再喚了幾聲，然後緩緩的伸出手，在廖舒雅眼前晃了晃。

那瞠大的雙眼，眨也沒眨。

他晃得再用力，甚至刻意在她眼前彈指，她的眼皮就是閉也不閉。

趙友志嚇得站起，連連踉蹌，他不知道發生了什麼事……但是老婆就是不對勁！除非她沒有眼皮，否則誰能夠不闔眼呢？

「舒雅！妳醒醒！」趙友志害怕的叫著她，「妳在夢遊嗎！妳嚇到我了！舒雅！」

廖舒雅並沒有回答她的丈夫，她只是瞪著前方，繼續喃喃唸著，不曾間斷。

這天晚上，趙友志沒有睡，他就坐在廖舒雅面前，陪了她一整夜，期待這只是一場荒謬的夢遊，舒雅醒了，自然會回床上去睡。

只是，事與願違。

到他跟「真正的」妻子說話時，已經是三個月後的事。

※　※　※

隔天一早，趙友志被孩子的玩鬧聲吵醒。

他在椅子上驚醒，忘記自己是什麼時候睡著的，但是迷濛的神智在看見打坐的廖舒雅後又立即清醒，他的妻子整夜沒有移動身子，那雙眼皮似乎也沒有闔上過。

「爸爸、爸爸！」安安跑了進來，「安安肚子餓了！」

小孩一衝進來，赫然看見坐在地上的母親，突然止住了步伐。

他後頭稍長的姊姊跟著弟弟進來後，也一樣站在門邊，看著母親。

「媽咪？」安安歪了頭，覺得有點奇怪。「媽咪在幹嘛呢？」

「不要吵媽咪……爸爸去買早餐給你們吃。」不對……還是應該帶著孩子走。「想吃什麼？爸爸載你們出去吃！」

「喔耶～」孩子不懂，只顧著歡呼。

柔柔緊皺著眉，神色凝重的靠近母親，她站著剛好與廖舒雅坐著一般高，好奇母親的舉動，探著小腦袋觀察。

然後，廖舒雅那雙瞪大的瞳仁，忽然自前面轉到了右方。

「呀！」柔柔嚇了一跳，媽媽在瞪她？

「小鬼！要吃飯嗎？」廖舒雅緊接著開了口。

趙友志才抱起安安，就聽見妻子的聲音，原本是喜出望外，但等他回首看去時，他就後悔了。

廖舒雅的確轉動了頸子，認真的看著站在她面前的柔柔，然後她笑了起來，那笑容絕對不是和藹可親。

「吃早餐嗎？媽媽做給妳吃。」廖舒雅說著，雙手放了下來。

她並沒有起身的打算，也沒有將腳伸直，她竟維持著盤坐的姿勢，雙手撐住地板，雙肩一高聳，瞬間就把自己的身子撐了起來。

「走吧！跟媽媽到廚房去！」她一邊說，一邊以手代腳，開始往前「走」動。

趙友志簡直不敢相信自己的眼睛，舒雅怎麼會做這種事！這根本不是常人能做的，太可怕了。

「呀——」柔柔被這詭異的情況嚇到，失聲尖叫。

而走到前頭的廖舒雅忽然又停了下來，她回頭看著柔柔嚇得鐵青的臉色，然後，竟然右手向後，倒退走回去了。

「吵死人了！不許出聲！」唰唰唰，廖舒雅比正常人走路還快，盤坐著倒退走回柔柔面前，但只是讓她哭得更大聲。「安靜！安靜！」

被趙友志懷抱著的安安不懂得表示自己的情緒，只是全身發抖，緊抓著父親的衣服。

「柔柔！過來！」趙友志飛快的上前，把柔柔抱走。「舒雅！妳在幹什麼！」

廖舒雅向上瞪了他一眼，他突然發現，那表情不是他的舒雅。

她冷冷的轉過身去，往床榻那兒走，然後右手離開了地面，僅以左手支撐，緊接著右手攀上了床，左手再勾上，再將自己的身體吊起，坐到了床面。

「滾！」她惡狠狠的瞪向在門邊的丈夫與孩子，「我要清修！不要吵！」

孩子們完全嚇傻，趙友志趕緊將他們往外趕，為了以防萬一，他索性將門帶上。

出了房間，懷裡的安安開始嚎啕大哭，孩子是最純真的，很容易分辨出來裡頭的媽媽出了問題；而柔柔則是呆站在門口，瞪著門瞧，兩隻瘦弱的腳不停的抖著。

「爸爸……那是什麼？」她忽然開了口。

「柔柔乖，我們去吃早餐。」趙友志沒理會她說什麼，只顧喚著她。

「爸爸！」柔柔哭喊著，小手往上指。「那個是什麼！」

趙友志順著她比的方向往上看，才發現房門外頭的門框、周圍的白牆，竟在一夕之間，成了黑色。

他看著那奇異的黑色，包圍住他們的房門，形成一種奇特的現象，像是有人用黑色的噴漆，繞著門框一圈，把門框起來似的。

變成黑牆的部分，並不是一如油漆塗過般整齊，而是像噴灑般的，由內而外暈染開來，而且似乎依舊往上蔓延著。

或許……趙友志走近瞧著，牆上似乎有道縫隙，縫中染著黑墨般的色彩，往四面八方竄延著。說那是噴漆，不如說是有什麼「黑霉」在生長更為貼切。

趙友志打了個寒顫，為自己大腦閃過的想法感到驚駭，他匆匆的撈過柔柔，不希望她離房門太近。

他第一次跟逃難似的，離開了自己的家，將小孩抱上車，想順便去接晨起運動的父母一起吃早飯。

不過他沒遇到父母親，可能是他們今天走了其他路，他在早餐店拚命的打電話回家，希望回到家裡的爸媽能接起，而且千萬不要去催促廖舒雅做早飯——連他都不敢想像，會發生什麼事！

他著急的來回踱步，兩個孩子坐在那兒開懷的吃著早餐，不過饅頭店的山東老張，卻一直瞅著他不放。

「老張！你是在看什麼！」趙友志心浮氣躁，出口就沒好語氣。

「啊、沒事沒事兒！」老張心虛的搖頭擺手，此地無銀三百兩。

「你有事就明講！大家都幾年交情了！」

是啊，老張跟趙友志的叔叔一樣，他打小也是吃這家饅頭長大的！

「嗳呀！我說小志啊～」這是習慣叫法，恐怕趙友志成老頭子了還是『小志』。「你最近有碰到什麼邪門的事嗎？」

「啥？」他擰眉，現在就有啊。

「你這全身上下不乾淨啊！」老張一臉憂心忡忡，「印堂發黑、黑氣纏繞……別說你了，你家兩個小可愛也一樣！」

趙友志瞪大了眼，很難想像老張會說出這種怪力亂神，但是又準確極了的話！

「我怎麼不知道您有神通？」他以為老張只會做饅頭。

「我不是神通，只是敏感些、敏感！」老張自謙極了，「你身上那股黑氣啊，很邪門的，恐怕不少人都能看得出來！」

「邪？我們最近哪有遇到什麼邪門的事！」趙友志就是想不通，他們也才剛去廟裡拜拜，化了劫不是嗎？

唉，難道是香油錢捐得不夠多？大劫未去？

「舒雅呢？怎麼沒見她來？」老張的意思是，都八點了，怎麼趙家沒人去上班？

「她身體不舒服！」趙友志隨口說說，他自己都不確定廖舒雅的狀況如何。

正在說著，他的手機就響了起來，來電顯示是家裡。

「喂！媽！」他緊張的喚著。

電話那頭，卻傳來驚恐的聲音。

「友志……啊！你在哪裡？舒雅她、她、她不對勁啊！」母親慌張的高喊著，「老伴！別靠近她！哇呀——」

「媽？媽！」接著是話筒掉到地板的聲音，然後趙友志只聽見父母恐懼的叫聲，喊著「不要過來」。

趙友志收起電話，二話不說就把小孩再度抱上車，飛也似的趕回家。

一路上他橫衝直撞，不管紅燈綠燈，心裡只想著家裡到底出了什麼事？為什麼舒雅會變成那副詭異的樣子？

車子隨便一停，他就又抱著孩子衝下車。

家裡的門大開著，望進去只能用一片混亂來形容；他跨過門檻，發現裡面寂靜無聲，向右手邊看去，他房門外頭的黑色黴菌，的確擴散得更廣了。

向左方看去，是神明香案，地上神像跟牌位散落一地，而廖舒雅，竟盤坐其上。

柔柔拉著安安，兩個人站在門外，誰也不敢踏進家門一步，而柔柔腳邊踢到了一個圓圓的東西，她拾起一瞧，是土地公的頭。

「爸爸。」她小聲的叫著。

「不要進來。」趙友志機警的喊著，回過頭，看著女兒攤開的小掌心中，是原本供在神明桌上，土地公的那顆頭。

是啊，神桌上的祖先牌位跟神像都不見了，而那兒的位置空了出來，剛剛好塞進了廖舒雅；她的姿態像極了觀世音菩薩，那盤坐的樣子、那手勢，幾乎如出一轍。

他喚了她幾聲，都沒有得到回應，所以他大膽的往內走去。

除了被折斷的牌位之外，他們所有供奉的神像，都已經四分五裂的滾落在地板上了。

「有我就夠了。」上方，突然傳來低沉又威嚴的聲音。「那些沒用的神祇，憑什麼坐高位？」

趙友志抬首，廖舒雅正高高在上，睥睨著他。

「妳不是我的老婆……妳是誰？」他緊張得背全濕了，卻還是開了口問。

神桌側邊就是通往裡頭的走廊，兩老聽見兒子的聲音，相互攙扶著，一步一步的走了出來。

剛才發生的事情，讓兩個老人受到了極大的驚嚇，全身不住的發抖，眼神渙散。

他們才剛運動回來，進了家門卻發現兒子的車不在，到廚房去沒見到早餐備妥，所以就去敲了媳婦的房門。

敲了好幾聲沒人應門，老父親發現白牆變成了黑牆，叫了老婆一起留意的當下，房門忽然「砰」的敞開來。

他們的媳婦，雙眼上吊、目露凶光，雙手撐著地板，身體呈盤坐之姿，如蜘蛛般沙沙沙的朝他們疾步而來。

兩老向門邊閃去，廖舒雅還停在他們面前狠瞪了數眼，然後轉過頭去，目光停留在正前方的神桌上。

她再往前走了一步，桌上供奉的祖先牌位，竟然全數倒下，而且翻滾落地！

兩老嚇得緊抱彼此，連聲音都發不出來，看著媳婦以雙手輕鬆的跳上茶几……接著竟然再躍上了一點五公尺高的神桌！

她坐在角落，開始抓起尊尊神像，不是折斷祂們的頸子，就是拿著佛像往牆壁砸。

趁空，老母親拿出手機，緊急的打給兒子。

才接通，媳婦回頭猛瞪一眼，竟「咻」的就自上方跳了下來，張牙舞爪的對他們咆哮。

他們原本以為廖舒雅會往前衝來，但是她卻手執土地公，毫不留情的往他們身上砸。

兩老相擁躲過了神像，然後看著盤踞在神桌上那人不像人、鬼不像鬼的媳婦，她空出一隻手指向裡面：要他們滾進去，噤聲。

他們狼狽的聽話，走進去躲了起來，一直到聽見兒子的聲音為止。

「那不是舒雅！絕對不是！」父親緊皺著眉頭，「她被什麼東西附身了！一定是！」

「放肆！」上方又是一陣威嚇，「你們膽敢這樣跟我說話！」

父親立刻後退一步，他不是怕媳婦，而是怕她那兇殘的眼神，以及附在她身上的東西。

「妳是什麼東西？憑什麼一副高高在上的模樣！」趙友志既害怕又憤怒，為什麼自己的妻子會變成這個樣子？

廖舒雅瞥了他一眼，緩緩閉上雙眼，並不想理睬他。

師父不是說「大劫已化」嗎？

「媽咪！」門外的安安冷不防的衝到了舒雅面前，「妳不是媽咪！妳是誰？妳是誰！」

「安安！」趙友志倒抽了一口氣，下意識護住了兒子。

蹲在地上的趙友志抱著安安，仰頭看著妻子，他突然覺得，她連神態都有點像是——

「觀世音菩薩。」

上頭那個女人，冷冷的回答了。

事情瞬間變得驚人，畢竟當自己的妻子突然開口這樣說話時，任誰都無法接受！

趙友志一開始以為廖舒雅在開玩笑，但是他的懷疑招來更不好的結果，那時妻子竟瞬間直接從神桌上飛撲向下，幾乎是未曾猶豫的攻擊了孩子們，那齜牙咧嘴的猙獰模樣，讓安安至今連家門都不敢踏入。

他把兩個孩子都寄放在岳父母那兒，而他也在半信半疑的心情下，跟他們提起了妻子的詭異狀況；任誰一開始聽到都只覺得可笑，但在親眼看見自己的女兒不吃不喝不睡的模樣後，就再也說不出話來。

幾經討論，他們都覺得，廖舒雅的狀況就像是中了邪！

所以這一天，趙友志特地請了假，載著妻子前往當初化劫的廟宇，因為那師父明明說大劫已化，為什麼又會出現這樣的情況呢？

原本以為要載妻子出門是件困難的事情，但她意外的聽話，完全沒有反抗，甚至乖乖的坐在床上，任由他笨拙的換上衣服，攙扶出門；趙友志不得不承認這是件反常的事，因為舒雅已經不像正常人了，她不僅行動怪異、說話語無倫次，連行為模式都不像是個「人」。

公司那邊，他以生病為由幫她請了假，但是有同事打電話來關心，她也不理睬。看著她日漸削瘦，他非常擔心，舒雅的生活狀況，一般人根本做不到……她已經瘦到像排骨精，甚至超過十天滴水未進，也未曾進食。

車子停到了專用停車場，舒雅的父母當然也跟著來了，他們一行四人才下車，竟然就有小沙彌前來迎接，彷彿早就知道他們會來似的。

「師父等各位很久了。」小沙彌恭敬的行著禮。

「師父……他知道我們會來？」趙友志皺起眉頭，如果早料到他們會來，那為什麼當初不將劫數化盡呢？

「裡面請，師父說了，所有疑問今日便會得到解答。」小沙彌親切的態度，此時此刻讓趙友志非常難以接受。

他們再次踏進這神聖的廟宇，闊別不過一月有餘，趙友志卻覺得氣氛都不對勁了！今天的他，可能帶著困惑與怨氣，所以他看這廟處處不順眼，他覺得這廟陰暗多了，上方似乎有股黑色的晦氣籠罩似的，光線透不進來，昔日光亮的中庭，現今卻變得晦暗無比。

解籤人依然坐在外頭的桌邊，他看著廖舒雅的眼神很詭異，嘴角挑著一抹笑，像是讚許般的不斷輕輕點著頭。

再踏進藏真師父的房裡時，趙友志更是覺得渾身不對勁。

藏真師父一見到他們來了，幾乎是立即站起了身，恭恭敬敬的朝著他們……不，嚴格來說是朝著他的妻子，行了一個大禮。

趙友志狐疑的圓睜著眼，看著大師行禮，不到兩秒鐘，他竟然雙膝一跪，跪上了地，朝著廖舒雅膜拜起來。

而他的妻子呢？一反剛剛那雙眼空洞的神情，雙眼一閉，卻像看得見一般的逕自往房裡走去，一個翻身，又躍上了房間裡的那張桌子，打坐起來。

「這、這是怎麼回事！師父！」趙友志緊張的對著跪趴在地上的藏真師父，著急的大喊。

「啊啊……」岳母突然自喉間逸出了驚嘆的聲音，「菩薩！是菩薩啊！」

咦？趙友志錯愕的看向岳母。

「菩薩！真的是……」一旁的岳父竟也訝異的喊了出來，「怎麼會？」

夫婦倆對望了一眼，再看向仍在地上膜拜女兒的大師，兩人不假思索的雙膝一跪，竟然就對著盤坐在桌上的廖舒雅跪拜起來！

趙友志看著這不可思議的現象，這小間方屋裡，現下只有他站著，而廖舒雅的父母和那師父，都朝著他的妻子膜拜著，彷彿她是、她是——

菩薩？剛剛岳父母說什麼，說舒雅是菩薩？

「友志！」身邊的岳母拉了拉他的褲角，「還不快點跪下來！這是菩薩顯靈了！」

趙友志望著虔誠的岳母，再看往桌上的妻子：她忽然跳開眼皮，以一種凌厲中帶著責備的眼神注視他。

末了，她忽地挑起一抹笑。

趙友志忘記自己是怎麼移動腳步的，但他非但沒有跪下，反而是倉皇失措的逃出門外。不對勁！這一切都不對勁！他說不出這是什麼感覺，但是這間廟、他的妻子，甚至是那位大師都不對勁！

「趙先生。」突然，藏真師父走了出來，對他行了個禮。

「大師……我妻子是怎麼了！為什麼會搞成這樣子？」趙友志下意識的向後退，他不想跟那位大師距離過近。「你不是說幫她化了劫嗎？為什麼搞得她好像、好像被附身一樣！」

「這是喜事啊！趙先生！」藏真師父泰然的笑著，「您的妻子是三生修來的福澤，才能討菩薩喜歡，選中她作乾女兒呢！」

「乾、乾女兒？」趙友志錯愕的結結巴巴。

「是的。幾日前菩薩託夢給我，說她非常喜歡廖小姐，有意收她作乾女兒，希望由她代自己施恩眾生，澤被天下。」藏真師父一臉欣喜的模樣，「這真的是天大的福氣！多少人想要這份恩澤都得不到。」

「等一下！你在說什麼？」趙友志打斷了藏真師父愉悅的話語，「乾女兒？神明可以收乾女兒嗎？就算是真的，那為什麼舒雅變成那副模樣？」

根本是人不像人、鬼不像鬼，跟神明八竿子打不著！

「神明有時遇上有緣者，便會收作乾女兒或是乾兒子，這種緣分與機緣是可遇不可求的；而廖小姐不只是有幸成為乾女兒，甚至要代替菩薩行善終生啊！」藏真師父大步邁前，

「菩薩藉她的身體現世，只是一時適應不良，待我跟菩薩溝通溝通，她就會恢復原貌了。」

「這、這根本是無理取鬧，那是附身吧！」趙友志根本聽不進去，「舒雅不吃不喝不睡已經幾天了？你自己看她那副模樣，簡直就是一腳踏進棺材裡的人，然後你跟我說這是三生有幸？」

「您別口無遮攔！趙先生。」藏真師父緊張的喝斥著，「裡頭的可是菩薩金身啊！」

「我管他什麼金身銀身的，把我的老婆還給我！」趙友志氣急敗壞的吼著。

藏真師父蹙起眉頭，冷冷的瞪著他，然後竟然一甩頭就往裡頭走去。

趙友志眼見他擺出這種態度，自然無法接受，他確切的感受到不舒服的氛圍，所以他決定把舒雅帶走，天底下廟宇這麼多，他就不信只有這裡有辦法！

往前跨出一步，他是很想，但是他動不了。

趙友志全身像被釘在地上一樣，完全動彈不得，他低頭看著自己的腳，只見他雙腳踩著的石地上，突然開始浮現一抹黑影。

他對那蔓延的黑影再熟悉不過了，那就跟包圍在他房門口的黑影一樣，像滴在宣紙上的墨水，緩緩散成一片。

「真是阿彌陀佛、阿彌陀佛！」右斜前方的門開了，廊上傳來岳母的聲音。「我們廖家真是祖宗保佑！竟然有這麼大的福報啊！」

「菩薩的乾女兒，真是太好了！太好了……」岳父跟著走出來，也欣喜的說著。

兩老雙手合掌，不停拜著，而跟在他們身後走出的，正是廖舒雅。

「舒——」趙友志緊張的想喊她，卻突然感覺到頸子一緊！

有一雙冰涼的手，由後掐緊了他的頸子，制住了他的聲帶！

趙友志瞪大了眼睛，他不覺得身後有人……不，應該說，他身後絕對沒有人！因為他現在靠著的是一片石牆呀！

但是他卻可以明顯的感受到那是一隻手，一隻瘦骨嶙峋的手，五根指頭一根一根的貼上他的頸項，對方有著長且硬的指甲，不時刺著他的皮膚。

他動彈不得、無法出聲，他只能看著妻子在藏真師父的攙扶下出來，往廟宇的深處去。

「只要完成一個儀式，廖小姐就正式成為菩薩的乾女兒了。」他清楚的聽見藏真師父這麼說著。

「阿彌陀佛！阿彌陀佛！」廖舒雅的父母，激動的跟在身後，一拜再拜。

不！不行！趙友志緊張的被縛在原地，無能為力的看著他們一行人往前走，卻無法幫助自己的妻子！

舒雅——他只能在心裡吶喊著。

忽然，廖舒雅回過了頭。

趙友志與她四目相接，那只是短暫的須臾，但是他確定廖舒雅看著的是他。

而且，她的眼裡，透著求救的訊息。

他確定剛剛回頭的那個是他的舒雅、他的妻子！

一陣強風忽地吹至，趙友志回過了神，趕緊閉上眼，避免風沙吹進眼裡，左方傳來叩隆的聲響，他微睜眼往後方看去，瞥見當日那個排滿禁咒木盒的架子。

上頭的東西在強風下搖搖晃晃，突然一樣東西自架上滾了下來，在那玩意兒落地的瞬間，趙友志明顯感覺到身上的束縛竟消失了！

他幾乎是跳起來般離開牆邊，他一離開便倏地迴身，往石牆看去。那石牆當然不可能躲進任何人。

但是，他親眼看見有三根長長的指甲，在他眼前隱匿進石牆裡去。

他僵直著，希望是自己眼花。儘管眼前的石牆毫無變化，連剛剛那佈滿黑影的地板也正常無異，他還是寧願相信自己親眼所見。

他緊握起拳頭，視線落向滾落在地的東西。那是一尊神像，背朝著他，而一張符早已飄散不見；趙友志記憶猶新，那好像是當天被藏在後頭的東西。小沙彌說了，那些是被封印的東西。

但是，他現在再也不相信這廟裡的一切。

他走上前去，鼓起勇氣彎身拾起那尊神像。

翻過來一瞧，他赫然發現那是尊再普通不過的土地公……只是，祂的雙眼被抹上了黑色的漆。

『唉……唉……』那個老者的聲音，突然又響起來了。

趙友志瞪大了眼，因為他發誓，那聲音來自他的手心。

『來不及了，來不及了……』

※　※　※

事情的確已經來不及了。

就在他被束縛著無法動彈之際，廖舒雅拜了菩薩，成了乾女兒。禮成之後，他的岳父母簡直欣喜若狂，回去四處告訴親戚們，這「祖先保佑」的好消息。

回到家後的廖舒雅，還是呈現放空狀態，但她至少沒有再出現詭異的舉動，再也不盤坐、也不會用手走路；老公準備的飯菜，她也乖乖吃完。

她像個木偶。她會動、會聽話，但是其他什麼都不會做。

任憑他怎麼說，她就是沒有反應。

最糟的是，每兩天那廟宇就會請人來迎接「活菩薩」進廟。因為她是菩薩顯靈的神蹟，她得到廟裡代替菩薩傾聽信徒的請願，並且恩澤芸芸眾生。

他無法阻止，因為只要廟方一來，他的妻子就會瞬間變成「菩薩」，一臉神聖高潔，等著被迎進廟裡。

日復一日，她日益削瘦，比之前更加嚴重。

皮包骨的身材，凸出的雙眼，因為鮮少入睡而凹陷的眼窩、黑眼圈，佈滿血絲的眼白，乾燥的頭髮，骨瘦如柴的雙手，廖舒雅只是個勉強活著的人。

三個月過去，他們夫妻兩個的工作搞到都沒了。舒雅沒有辦法去上班，而他也無心去上班；他每天陪著妻子，甚至一起到廟裡去，看著妻子施展武俠小說裡描述的輕功，連續翻身上桌、盤坐修行，他只恨自己無能。

他知道，那個不是他的妻子，也根本不是什麼菩薩！

「可惡！」

一日，趙友志忍無可忍，把枕頭底下的平安符拿出來，扔進瓦斯爐裡燒掉！

那不是普通的廟。他們藉著舒雅變成香火鼎盛的大廟，說什麼有活菩薩顯靈現身，讓信徒瘋狂地對著他的妻子膜拜，對信徒的要求有求必應……他聽過舒雅對信徒說話的口吻，甚至連聲音都不是她的！

當初，他怎麼會信那個師父，為什麼要去點什麼平安燈！

「友志……」他的身後，突然傳來嬌弱的聲音。

趙友志狐疑的回首，看見廖舒雅穿著睡衣，站在廚房門口，淚流滿面的瞧著他；他當然很訝異，因為妻子已經很久沒叫過他了。

「舒雅？」他皺起眉，因為廖舒雅的眼神詭異得正常。

下一秒，廖舒雅突然朝著他衝了過來，緊緊的揪住了他的衣服。

「那個不是我！不是我——」她歇斯底里的尖叫起來，「有人佔據了我的身體！有人用了我的身體！我不是活菩薩！我不是我不是！」

趙友志驚駭的看著語無倫次的妻子，她哭得泣不成聲，她甚至因激動而發抖，他第一次覺得發狂的妻子，是多麼的讓他欣喜若狂！

「舒雅？天哪！妳恢復正常了！妳恢復了！」他捧住她的臉，仔細端詳著。「妳認得我……妳知道我是誰對吧！」

「我站在一邊看著他使用我的身體，我不能說話、我不能跟你們任何人聯繫！」廖舒雅搖著丈夫，「我一直哭喊著『救我』，都沒有人理我！我不能、我沒有辦法……」

「噓——噓！」趙友志緊緊的抱住了廖舒雅，他的淚水不自禁的被逼了出來，能這樣擁著神智恢復的妻子，他簡直太感念上天了！

他多想沉浸於這無與倫比的喜悅當中，感謝他的妻子失而復得。

但是，卻有人破壞了這美好的氛圍。

廚房窗外，一個影子迅速的飛掠而過，讓廖舒雅尖叫起來。

連背對著窗戶的趙友志都藉著眼角餘光發現有影子在外頭，他緊抱住妻子，倏地回身。

「小鬼。」懷中的妻子恐懼的說著。

「嗄？」

「是小鬼，我看過他們。」她極度害怕的看著丈夫，「他們一直都在我們家外面，監視著我們！」

「監視、我們？」趙友志聽見這些，只感到不可思議，因為他從來沒注意過外面有什麼東西啊！

「反正他們就是都在！都在！」廖舒雅的情緒極端不穩定，總是非常激動。

「好好……」趙友志安撫著妻子，兩個人往客廳走去。

然後，他就明白妻子口中所說的監視是怎麼一回事了。

因為他們對著外頭的每扇窗，都有著人影。

不管是客廳的窗邊、或是上頭的氣窗，都盤踞著人形，那人形姿態怪異，像是小小的孩子，扭曲著身子在窗邊，盯著兩人。

面對妻子異樣了三個月的趙友志，很多事情都已經看開了，他一一的查看所有的窗戶，也確定了的確有所謂的「小鬼」在監視著他們。

他突然慶幸自己已經燒掉了平安符，因為這一切是在燒掉符之後發生的：舒雅突然的清醒、看見了所謂的小鬼。

他忖疑，會不會是這樣呢——那間廟用平安符控制住他、掌控舒雅，讓他瞧不見這些監視，讓舒雅無法恢復正常？

「舒雅，妳說他們很久之前就在我們家了？」他回到客廳，問著蜷縮在客廳椅子上的廖舒雅。

她點了點頭，淚流不止。「我看得見，我站在一個黑暗的地方，看著他使用我的身體、看見你們……我看見安安跟柔柔被我嚇哭，我看見爸媽提著行李逃出家裡……我看見你一直在叫我。」

但是她什麼都沒辦法做！她站在一個只有地板、四周一片漆黑、伸手不見五指的地方，她哭喊著、叫嚷著，但沒有人理她。

「那些小鬼都在，他們一直監視你、監視著我們……」她啜泣著，緊緊揪住趙友志的衣服。「友志，我沒有瘋，你一定要救我！拜託，一定要！」

「我相信妳！我相信妳！」趙友志堅定的看著自己結髮十餘年的妻子，「妳說誰用妳的身體？那位大師說是菩薩上了妳的身？」

餘音未落，廖舒雅只有拚了命的搖著頭。

「不是！絕對不是神明！」她咬著唇，「那東西不是神，他很邪惡，邪惡到我在哭時，會警告我說……」

話到此，廖舒雅突然哽住。

「說？」趙友志狐疑試探。

「說我如果硬要搶回我的身體，他要殺掉我所有珍惜的人！」廖舒雅豆大的淚珠奪眶而出，「如果真是神明，會這麼說嗎？」

趙友志摟住妻子削瘦的身子，緊緊的抱著她。「放心好了，有我在！明天、明天我們就去找人解決這件事。」

「明天，」廖舒雅幽幽的閉上雙眼，「萬一我又不是我了……」

「我還是會救妳的。」趙友志握緊了雙拳，「無論如何，我一定要把妳救回來！」

他坐在沙發上，看向門上方的氣窗，那裡盤踞了兩隻小鬼的影子，他們在晃動著，癡癡的竊笑著，或許在笑他的自不量力，或許在嘲笑他的決心，但無論如何，都不會改變他的心意。

他相信舒雅。她不是精神錯亂，也絕不是失心瘋，這一切，都是那間廟害的！

小鬼看著他，雙眼透出點點紅光。他住在小鬼環伺的家中，他的妻子被不明的東西附身，還被人供作活菩薩膜拜。

他不是個膽子大的男人，但是現在他卻覺得，沒有什麼好害怕的！為了讓自己的妻子恢復正常、讓孩子重獲母愛，為了找回原本正常的家庭；不管那間廟是什麼，那個大師是誰，他都要拚到底！

以後，他也願意跟妻子分擔家事，願意多體諒她——只要能回到過去的生活，他什麼都願意！

※　※　※

廖舒雅只恢復正常了一個晚上，隔天一大早，幾乎不到六點鐘，廟宇那兒就派人來說要接她去寺廟裡；那天並不是約定好要去廟裡的日子，結果他們不但來了，還是藏真師父親自前來。

趙友志記得躲在他身後瑟縮的妻子，在藏真師父跨過門檻的那一瞬間，突然又變成了「活菩薩」。

他知道，舒雅曾清醒的事被對方知道了，這更讓他確定那間廟是有問題的。

所以，他開始打聽哪裡有真正靈驗的大廟，或是哪裡有所謂的高人，希望有人可以幫他解決這複雜的問題。

他把廖舒雅託給她的父母，因為她父母比誰都瘋狂的相信自己的女兒是被菩薩萬中選一的乾女兒，自然會待她非常的好；至於廟方他也犯不著擔心，因為她至今仍是讓那間廟香火鼎盛的活菩薩。

他拿了一只行囊就開始去尋找，只要有人說哪位法師厲害，他就往哪兒去，然後把詳細的情形告訴對方；當然很多時候遇到的都是唬人的神棍，講了一堆與事實不符的情形，其中多半是要騙他的錢。

當然，其中也不乏真正的高人，他在這趟旅程中發現，真正厲害的人，其實都相當的低調。

幾乎是當他一走進廟時，對方就知道他的來意，可惜糟的是，沒有人敢幫助他。

這天，他從東部回到北部，又從北部回到了中部，去找一個許多人口中相當靈驗的王大師。

王大師的神壇位在十樓，他是個普通的大樓住戶，但是前來求助的人絡繹不絕，趙友志只好在外頭排隊等待。

「對不起，今天大師只服務到這位先生。」有個女人走了出來，親切的跟趙友志身後的香客說。「真的很抱歉，請您改日得早。」

趙友志有點訝異，也覺得自己真幸運，至少是今日得以見到大師的最後一名。

好不容易輪到他。他被請進一間房裡，一樣擺著普通的神桌與桌椅，一位大師坐在一旁，只是這位王大師的擺設並不花俏，相當的簡單，甚至蠟燭也點得很少，很像一般的住家。

「趙先生，你的忙我幫不上。」趙友志才走進來，王大師就開口了。

「呃，大師，我還沒有說話……」趙友志再次錯愕。

「不必說我也知道，你遇上了麻煩事，這件事麻煩的程度，恐怕沒有人敢碰。」王大師搖了搖頭，「就連我也無能為力。」

又這樣？每一位彷彿看穿他來意的大師，全都拒絕他的請求。

「不行！大師，你們要幫我，你們不就是要行善嗎？為什麼沒有人能幫我！」趙友志急急忙忙的從包包裡拿出一個黃巾包，「我能帶的都帶了，這裡面是——」

「被封眼的土地公！」王大師接話接得迅速，且人已經站起來了。「別靠近我……把祂收起來！這東西千萬別打開！」

為什麼？趙友志凝重的看著他從廟裡偷回來的土地公，每個大師都不願意看這尊土地公？

「這土地公受了詛咒，拜託你別打開，祂說不定已經變成對方監視我這裡的工具……趙先生，我這兒一曝光，說不定我會出事，請您高抬貴手！」王大師畢恭畢敬的，朝著他行了禮。

「我？高抬貴手？」說到底，怎麼變成是自己在害人了？

趙友志聽出大師的用意，知道這尊土地公已經不是好東西，便將神像收回自己的包包中，凝重難受得不發一語。

「我們不是不幫，是幫不得、也能力不足！」王大師靠近了自個兒的神壇，「我們不但沒辦法救你妻子，弄不好連自己的命都會賠進去。」

「自己的命？」趙友志嚇了一跳，前幾個真正的大師都不告訴他原委，逕自趕他出去，沒人說過不出手的原因。「你是說，幫我妻子趕走她身上的鬼，會傷害到你們？」

天哪！附在廖舒雅身上的到底是什麼！

「鬼？」王大師嚴肅的搖了搖頭，「趙先生，那絕對不僅僅是一般的『鬼』啊！」

「咦？」

「他比鬼強大得太多，力量甚至逼近於神佛，但卻是邪惡的……噢！千萬別說出你在想的東西。」王大師拿出一張便條紙，在上面寫下幾個字，重新折好，交給趙友志。「我只能幫你到這裡。」

趙友志接過紙條，狐疑萬分的看向王大師。

不是鬼、力量卻如此巨大……所以他們不敢碰？

「為什麼我妻子會遇上這樣的事？為什麼！」趙友志氣憤的搥桌子，他努力了這麼久，有能力的人卻都不願出手相助！

王大師沒有說話，只是再對他行了一個禮，便要求他即刻離開。趙友志也不強人所難，這種事情誰願意蹚渾水？而且他發現就算他開出再高的價格，這些真正的大師也不為所動。

王大師意外的親自送他出去，表示會祈願他順利解決這件事。

「趙先生。」王大師在他進入電梯前，說了最後一句話。「種什麼因，得什麼果，這就是你們為何會遭逢此事的原因了。」

趙友志驚訝的瞪圓雙眼，種什麼因？他跟廖舒雅做過什麼壞事嗎？他們一直以來都是普通的人，過著正常的生活，從來沒有傷害過任何人啊？

為什麼那王大師說得好像他們自作自受似的？

趙友志胸中更加燃起無名火，他攤開了手中緊握的紙條，那是王大師給的線索，可以幫助他的線索——

紙條上面只有簡單的三個字：

萬應宮。

第四章　生機

「一杯烏菁，半糖、去冰。」女孩子站在茶飲攤前，愉悅的點著自己要的飲料。「喂！你們要什麼？」

「珍奶一杯，正常。」一個胖胖的男生回著，他早已汗如雨下。

「菁茶，要冰、微糖。」另一個是超瘦的男生，長得一副呆樣。

女孩頓了一頓，轉過去對著店員高喊：「珍奶一杯微糖，菁茶半糖。」

「喂！」胖胖男生一臉哀怨，「我要全糖啦！」

「你太胖了！」女孩毫不客氣的直指缺點，「太胖的喝太甜，太瘦的喝不甜，這樣不行！」

瘦男孩扶了扶粗框的大眼鏡，懶得反駁，只是坐在路旁休息。

「才幾月，現在春天耶，你就流那麼多汗，班代，你真的該減肥了！」女孩把微糖的珍奶塞給他，「你這樣胖下去不行的。」

店員竊笑著，班代紅著臉，又接過菁茶，飛快的逃離現場，拿去給在不遠處的大樹下乘涼的男孩子喝。

「王羽凡，妳幹嘛哪壺不開提哪壺？」男孩沒好氣，對著走近的女孩抱怨。「妳明知道班代就胖胖的啊！」

「胖不是好事！班代，你參加什麼社團啊，要不要也跟我一樣，參加柔道社？」王羽凡眨著靈活的大眼，很認真的問。

「妳饒了我吧？柔道社？」班代差點沒暈過去，「我連小跑步都有問題了！」

「你這樣不行啦！喂，阿呆，」王羽凡叫那個有著小瓜呆瀏海的男生，「這樣好不好，我們陪班代一起運動，幫他減肥！」

「……」

阿呆瞥了女孩一眼，什麼事都喜歡拖他下水。「我隨便。」

「那好！」只見王羽凡興奮的拿出行事曆，開始跟班代敲起時間。

其實她私心的想，這樣就可以有更多時間跟阿呆見面了！嘿～

「我們現在就去騎一圈吧！」王羽凡跨上腳踏車，「繞公園一周，再繞到赤崁樓那兒去！至少要騎一個小時喔！」

阿呆把飲料放上腳踏車，也準備跨上腳踏車了，班代乖乖的聽話，這是他們難得的放學聚會時間，好友要助他減肥，豈有推辭之理？

三個還穿著制服的高中生，熟練的抓緊龍頭，便開始讓心愛的小折在馬路上馳騁；南部沒什麼大眾運輸工具，每個學生幾乎都會騎腳踏車，而且技術都相當不錯，輕快得很。

尤其是王羽凡，她是個運動健將，連腳踏車都能秀特技；騎最快的也是她。最愛急轉彎、行進間跳車這些危險動作。

就在彎進一條巷子時，迎面來了一個人。

軋——

王羽凡緊急的壓緊煞車，龍頭一轉，卻還是跌了個四腳朝天！

「羽凡！」尾隨在後的班代趕緊停下來，腳踏車往一邊靠，便衝上前探視朋友。

阿呆也跳下了車，看著這一地亂象：幸好只是腳踏車，要是摩托車的話，一定雙方都掛彩。

「沒事啦……只是摔出來！」王羽凡在班代的攙扶下站了起來，視線往倒在地上的人看去。「啊，先生！有沒有怎麼樣？」

男人才在找路，就被突然彎進來的腳踏車嚇到，要不是對方緊急把龍頭向外轉，只怕他已經被撞個正著了。不過，因重心不穩，他還是跟著向後跌了跤。

「妳騎那麼快幹嘛！」阿呆朝她碎碎唸，先扶起她的腳踏車。

「我不是故意的嘛！」這條巷子平常都沒人走，而且她有按鈴了咩……王羽凡扶起倒地的男人，再拾起散落一地的東西。「對不起！我真的沒注意看！」

「沒關係。還好大家都沒事……」男人說著，揉了揉摔疼的屁股。

他包包裡的東西全散了出來，班代跟王羽凡一一幫忙撿著，突然看見眼前一個裹著黃巾的物品。

王羽凡伸長了手，才碰到東西，就被嚇得向後跳了起來。

同一時間，叫阿呆的男孩也一顫身子，全身寒毛豎了起來。

「怎麼？很重嗎？」班代好心的上前，彎身要幫忙拾起。

「不要碰！」王羽凡趕緊阻止班代，「我覺得怪怪的！」

「怪怪？」班代遲疑了一下，然後立刻看向已經站起來的男人。

趙友志愣然的看向兩個高中生，稍稍拐著腳，走向那尊裹著的土地公像，他自個兒拾起，往包包裡放。

「我全身雞母皮都起來了！」王羽凡皺著眉，看著手臂上一粒粒立起的雞皮疙瘩。「阿呆！你過來看一下啦！那是什麼東西？」

「別碰就好了，管它是什麼！」阿呆沒好氣的牽起腳踏車，「我們走了。」

「喔……對不起喔！」王羽凡再次跟趙友志道歉，就急急忙忙的走向自己的小折，只是她才走兩步，卻又折返回去。「先生，那個東西不要留著，我覺得那不是什麼好東西！」

她指向他包包裡的東西，然後聳了聳肩，迴身就要離開。

趙友志有些錯愕，這個高中生……可以感覺到土地公像？她甚至連碰都沒有碰到啊！

「等、等一下！」終於，在大家準備離開時，趙友志出聲喊住了他們。

阿呆明顯的瞪了王羽凡一眼，她幹嘛沒事多話？他站在「那～麼～遠～」的地方都覺得不對勁了，她偏偏找事沾！

「同學，妳覺得這尊土地公很怪嗎？」趙友志焦急的跑向他們。

「土地公？」王羽凡睜圓了眼，她怎麼不知道土地公像會讓人「不蘇胡」啊？「你說那裡面是土地公啊？」

「是啊！」趙友志邊說，邊急著要打開它。

「別打開！」瘦弱的男孩連忙制止，「你不要隨便就把它打開好嗎？這裡是民宅，傷到人怎麼辦？」

面對眼前看起來又瘦又乾又呆的高中男孩，趙友志完全是丈二金剛摸不著頭腦，他知道這尊土地公像跟一般的不同，但怎麼會傷到人呢？

「反正別亂打開就對了。」班代搞不清楚，不過他百分之百相信阿呆。

「喔……」趙友志不知為何會這麼聽小毛頭的話，便好整以暇的把土地公收了回去。

「啊，對，我在找一個地方，你們是這裡的人嗎？」

「對啊！」王羽凡熱心並愉悅的回應著。

啊咧……阿呆真的很想立刻就走，他們三個在當地騎腳踏車晃，怎麼可能不是當地的人啦！拜託王羽凡不要又找麻煩，自告奮勇要帶人家去哪兒。

「你們知道有這個地方嗎？」趙友志把王師父給他的紙條，遞上前。

當初看到這三個字時，趙友志簡直是怒火中燒，以為師父在開玩笑，但平靜下來之後，才發現王師父寫的是「萬」而非「卐」；所以他開始尋找，從廟祝問起，他想廟祝應該比較熟稔，怎知道，廟祝多半都搖搖頭說不清楚，還有人請他不要找麻煩！

他找了好久，終於在台南打聽到消息。

「哇，你還真是找對人了耶！」王羽凡笑了起來，往後看向越騎越遠的阿呆。「阿呆——」

唉！阿呆用力一頓，不耐煩的回頭瞪她。「妳不是說要去騎腳踏車運動嗎？」

「可是這人在找你家耶！」她眨了眨眼，搖了搖手上的紙條。「萬應宮喔！」

咦？咦咦？趙友志瞠目結舌，簡直不敢相信親耳聽到的，那個瘦小男孩子的家就是「萬應宮」？

他眼巴巴看著阿呆騎著車轉了回來，來到他身邊，看了看王師父寫的字條，又瞥了他一眼。

「你看起來好像很累的樣子，找萬應宮很久了？」阿呆打量了趙友志一會兒，才開口。

「你們真的知道這萬應宮在哪裡？」趙友志一臉喜出望外，「天哪！我終於找到了！我問過大廟小廟，他們不是叫我不要去找你們，就是說不知道……」

呼……

男孩阿呆重重的嘆了一口氣，他就知道，看這個男人風塵僕僕的模樣，身上的衣服又有些髒亂，應該是執意要找萬應宮的人；這樣的執著，通常都不會有好事。

看來應該直接給他地址，讓他自個兒去找才對，沒有必要蹚這個渾水，反正爸爸他們都在家……

「哈！你走運了啦！」此時此刻，王羽凡同學用力的往趙友志肩上一擊。「萬應宮就是他家開的啊，他們很厲害的呢！你有什麼疑難雜症，儘管說出來吧！」

呃。阿呆一口氣哽著，瞪著笑容可掬的同學。

「王羽凡！」他低吼著，這傢伙在幫他攬什麼生意啊！

「真的嗎？」趙友志半信半疑，但事到如今，他幾乎已經到了什麼都信的地步了！

「當然是啊，就連這位阿呆同學也很厲害喔，」王羽凡突然頓了一頓，「先生，你好像很辛苦厚？你身體外面有一大圈的黑影包著耶！這叫什麼……瘴氣！對！你瘴氣好重喔！」

是啊，阿呆認真的看著趙友志，這位叔叔身上的瘴氣真不是普通的多，連他都不知道要怎麼做才能惹上這麼多？

「妳看得見？」趙友志更驚訝了。

「哈，我看得見啦！我還滿容易看見的，」王羽凡聳了聳肩，從她嘴裡說出的魍魎鬼魅，好像都很輕鬆。「你怎麼搞的啊？」

「嗯……羽凡，」還是班代懂得察言觀色，因為阿呆的臉色越來越難看了。「我們不應該逗留太久，運動完說好要去吃豆花的，就給這位先生地址，讓他去找萬應宮好了？」

班代擠眉弄眼太過明顯，王羽凡這才發覺，她好像又熱心過了頭……她偷偷的看向依然跨在腳踏車上的阿呆，他正白眼瞪她，然後嘆了口氣。

「叔叔，我願意聽你說，但是你要請我們吃豆花。」阿呆很認真的提出要求。

趙友志一臉愕然，這大概是他一路走來，聽過最便宜的「香油錢了」！

「好！當然好！十碗豆花都不成問題！」

就這樣，趙友志坐上了班代的腳踏車，美其名是要訓練班代的耐力，事實上是因為阿呆騎在前頭唸了王羽凡一頓，好好的放學時光不享受，老喜歡帶工作給他。

他們一路騎到了豆花店。難得有人請客，男孩子不客氣的點了兩碗，而最客氣的女孩子居然點了三碗……沒辦法，她運動量大，需要的熱量也比較多。

趙友志只點了一碗，卻食不下嚥。他把妻子變化的始末說了一遍，然後再一次祈禱有人能夠伸出援手。

他這樣的期盼不知多少次了，但也同樣的失望過多少次，而今竟淪落到說給三個稚氣的小毛頭聽，儘管如此，他還是抱著一絲希望。

坐在他對面的三個高中生，聽完後各有奇特的表情，胖胖的男孩一臉驚訝，還帶有些困惑；而女孩則是直接轉頭望著那個看起來笨拙的瘦小男生。

那個瘦小男生，則是表情最奇怪的一位。他眉頭深鎖，現在也還是一樣，神情凝重的像是在思考什麼事。

「我只能猜測，你們走錯廟了。」阿呆突然幽幽開了口，「進錯了廟、求錯了籤，把八字給了不該給的人。」

「我知道啊！但是等我發現那間廟有問題時，已經來不及了！」趙友志懊悔不已，「我的老婆用手走路，每天都瞪著一雙眼睛看著前方，不吃不喝也不睡。」

「上身嗎？」班代光想像廖舒雅走路的模樣，就覺得渾身不舒服。

「八九不離十，但問題是什麼東西上了她的身？」阿呆沉吟道，「而且還敢以菩薩為名吶。」

「好過分喔！為什麼要對人家做這種事？」王羽凡為對方抱不平，好好的一個人，被搞成那樣。「她又沒做什麼錯事！」

「去小廟安光明燈是第一錯，隨意給八字是第二錯！」阿呆口吻帶著責備，「就連結婚合八字，也沒幾個人會拿真時辰去配，點燈時卻給正確無誤的八字，要做些什麼手腳，簡直是易如反掌！」

「我們、我們全家都給了啊！」趙友志難受得都快哭了。

「你們遇上陰廟了。」阿呆冷靜的瞥向趙友志包包裡的東西，「那尊土地公哪裡來的？」

「啊，在那間廟裡拿的，我發現祂好像會傳出聲音，跟我說話……」嚴格來說，是他偷出來的。

「說什麼啊？」王羽凡好奇的圓睜著眼，土地公跟人說話喔？

阿呆掃了黃巾物品一眼。最好是陰邪之廟會供奉土地公咧？

「後來我想起來，第一次去那間廟時，就有聲音要我快走、快離開什麼的，但是我都沒留意。」因為沒有人會想到，會親身遇到這等怪事呀。「後來我帶老婆去問師父為什麼她會變樣時，土地公還是叫我快走……」

趙友志還把在那廟裡被奇怪的手掐住頸子，以及腳被縛的詭異狀況跟他們說了一遍，也沒漏掉他認為是土地公剛好滾落地才救了他。

「那這樣說來，土地公應該是好人啊！」班代望向阿呆，既然如此，為什麼阿呆好像認定那土地公是壞的一樣，還說會傷到人？

「是啊……有可能是本來住在那塊地上的土地公，廟方對祂進行了封印，以免土地公多管閒事吧！」阿呆初步判斷，說得頭頭是道。

「封印？」趙友志聽不大懂那是什麼。「你是說祂眼睛被塗黑嗎？」

阿呆瞪大雙眼，很驚駭的望向了趙友志。

「雙眼被塗黑？」

「是啊，那個土地公沒有眼睛，好像被黑色油漆把兩隻眼睛都塗掉一樣！」趙友志比了個寬度，「一整條粗粗的線，從左邊到右邊，塗得很徹底。」

啊啊……阿呆的臉色轉趨難看，一般人會覺得那是遮蔽土地公的雙目，但事實上如果照趙友志所述，恐怕不僅僅是塗去那麼簡單。

嚴格說起來，土地公應該是被奪去雙目，上頭東西只怕也不是黑漆；為什麼要做到這個地步？要遮去土地公雙目，方法多得簡單，何必下這麼重的毒手？

除非那間廟，請來的不是鬼眾這麼單純的東西。

「那間廟在哪裡？叫什麼名字？」阿呆擰起眉頭，這件事看來棘手。

「我住雲林，廟在山裡。」趙友志得到了一絲希望，因為從頭到尾，這三位高中生都沒有說過一句拒絕的話語。「至於廟的名字……」

「雲林？」阿呆正喃喃自語著，「這兩天沒聽說有什麼事情，我可以請爸過去看一下，不然大伯也行！」

「這麼嚴重啊？」王羽凡有些緊張起來，「我以為你就可以解決耶！」

「王羽凡，下個星期要月考！」阿呆狠瞪了她一眼，「再說我只是學生，妳不要老把我當作萬能的！」

「阿婆說你都不認真，才會半吊子。」王羽凡偷偷說著，吐了吐舌。

「關妳屁事！」阿呆懶得理她，「趙先生，你還沒說廟名，想不起來嗎？」

該不會被施了法，忘記了廟方的名字吧？

「不，我記得。只是……」趙友志很疑惑的看向了阿呆，「它也叫做——萬應宮。」

剎那間，阿呆刷白了臉色。

就連一旁的兩個高中生，也都僵直了身子。

「萬，不是萬一的萬，」高中女生拿出了筆，隨手抓了張紙寫下一個字。「是這個字對不對？」

她遞過了紙，上頭是端正的「卍」。

趙友志驚訝的看了看，可是又有點狐疑的望著紙條，他發現一時不確定那間廟的名字到底是……

只見阿呆把那張紙重新拿過來，以橫寫的方式，寫下了兩個宮的名字。

「卍應宮」以及「卐應宮」，然後在右方圈了一個大圓。

「我很篤定是右邊這一個。」他的表情變得相當凝重。「因為陰廟，是不可能法輪常轉的！」

趙友志認真的瞧著橫寫的字樣，回想著廟上方的牌匾，然後很認真的對著右方的字體點了點頭。

「我從來沒有發現，會有兩個方向的卍字！」他恍然大悟，卍是佛號，那「卐」呢？它的始末方向，完全是相反吶！

「你如果是這麼細心的人，今天的一切都不會發生了。」阿呆直搗痛處，趙友志又是一記衝擊。

當王師父叫他來找這間萬應宮時，他一開始真的相當錯愕與氣憤，他都已經被那廟搞得如此悽慘，為什麼師父還要他去找那間廟處理呢？靜下心後，他才想到，一般的廟宇上頭會有正式的名字，不該會用簡寫的方式表明。

也就是說，「萬應宮」不等於「卐應宮」，他會錯意了！

王師父要他去尋找的，是一座唸起來同音的廟宇，來對付那個害他妻子失神的怪廟！

對面的高中女生下意識的握住阿呆的手，很是擔心的看著他。

他們之間，跟那間「卐應宮」有點緣分……還有些小事，尚未解決。

「終於等到了。」阿呆握緊雙拳，「我就知道，他們不會安分的。」

「這樣好嗎？你要自己一個人去喔？」王羽凡憂心忡忡，「我覺得先回家說一聲會比較好。」

「這是我跟他們之間的事，我要自己處理！」阿呆口吻突然變得激動，「你們兩個是朋友的話，誰都不許說。」

一旁的趙友志雖然不知道怎麼回事，不過可以感覺到，這三個高中生，好像跟那間邪惡的廟，也有過節似的？

「可是……」班代覺得不妥，萬萬不妥當。

「土地公給我吧！」阿呆倏地站了起身，朝著趙友志伸出了手。

他一陣慌亂，卻還是很快把裹著黃巾的土地公像拿了出來；在他準備放上阿呆的掌心前，只見阿呆往桌上一抹，讓掌心裡全是水，才讓他放上去。

土地公放上阿呆的掌心時，他唸唸有詞，然後趙友志親眼見到了有股氣自黃巾內噴發，從縫隙竄了出來。

數秒後，那黃巾竟整個變得更加清明。

「這東西由我保管，比跟著你好，你先找間旅館住下。班代，你帶他去阿旺伯的民宿好了！」他朝向班代交代，「路過我喜歡的那棵大樹時，折一截樹枝下來，記得要先跟樹說，它會回應你。」

「回應我？」班代有點錯愕，實在不太熟練。

「樹會回應你，你可以感覺到的。」王羽凡突然接了口，「反正你一定會知道。」她有經驗，那種氣流在體內流動的感覺，只要認真體會，誰都能感覺到。

「趙先生回民宿後只管休息，拿樹枝拍打全身後，再把整根樹枝浸泡在浴缸裡，泡完澡後再摘下樹葉放在窗邊或門口，所有出入口都要放！」阿呆認真的交代著，「最後，把剩下來的樹枝放在床頭前，你都不要出門，睡覺就是了。」

趙友志聽得目瞪口呆，糊裡糊塗說了一句：「擋小鬼嗎？」

「小鬼？」班代倒抽一口氣，「又有小鬼？」

又？趙友志心裡的希望之火越燃越旺，他終於遇到能幫助他的高人了！

「在我家時，有一堆黑色的、小孩子的影子盤踞在我家窗戶跟門外！那姿勢很怪，像、像……」

「像皮包骨的嬰孩，身體折著不自然的姿勢？」王羽凡開朗的神情也消失了，變得正經八百。「眼睛發出紅光，張嘴時是尖牙的猙獰？」

啊啊……知道，他們果然知道。

「還有小鬼跟著啊……那也好，反正你照我說的做就對了。」阿呆揹起書包，大家立刻跟著動作。「記得，買了食物進去就不要再出來了，不管發生什麼事都不要出來！」

「會發生什麼事嗎？」趙友志慌慌張張的握緊包包背帶，緊張兮兮的問。

「你認為還能發生什麼事呢？」阿呆竟笑了起來，「趙先生，你現在還怕些什麼嗎？」

趙友志用力嚥了口口水，搖搖頭。

不怕！他現在什麼都不怕！只要能讓舒雅恢復正常，還給他美滿的家庭，他什麼都不怕！

怕的話，他就不會為了廖舒雅跋山涉水了！

「我會再跟你聯絡，我想等我月考完再去。」大家紛紛走向腳踏車，趙友志則跟在班代身後。

「去哪？」

阿呆回首，微微一笑。

「去『乩應宮』點平安燈啊！」

化劫

第五章　降身者

週末假日，是「뜨應宮」香火最旺的時刻。

多少輛車子停進了停車場，多少人攜家帶眷的，就是要來求活菩薩，讓他們能夠闔家平安，財源廣進。

那是半山腰的一間小廟，不知道何時建立的，只知道廟宇不大，又建在荒山野嶺之中，鮮為人知。

但是這半年來，突然香火鼎盛，香客不絕，傳聞廟籤奇準、神明靈驗，拜求什麼皆能如償所願！拿兩個月前悽慘落魄的某張先生來說，所有心血放進連動債裡，去年年中一場金融風暴之後，半生心血全成泡影。

不知誰介紹來那小廟，鮮花素果奉上，誠心請求拜託，不到兩個月，租車生意竟然好到沒話說，還回來添了十萬元的香油錢！

不過沒人知道，在張先生風光過後沒多久，就出了一場離奇的車禍，半身不遂的躺在醫院病房裡。他的租車生意依然蒸蒸日上，而老婆也跟他的合夥人捲款跑了。

至於某個失業半年的單親爸爸，來這兒求神拜佛並跪在堂前痛哭流涕，祈願否極泰來，讓一家老小過得安穩，他保證還願……那週的樂透彩，真給他中了六十萬，現在拿去做小本生意——他小吃攤的生意也很興隆！

只是生意太旺，加上後來又讓他中了一次三十萬的樂透彩，時機不好，有人便起了歹念，綁架了他視如珍寶的小女兒，勒索兩百萬，單親爸爸把所有的錢都付給了歹徒，最後得到的是分成三塊的小女兒，據說還有一塊屍身尚未找到。

那另一個李太太呢？當初來這兒添了微薄的香油錢，面臨倒閉的公司竟因一筆三千萬的意外之財而重獲新生，只是警方調查到這筆意外之財來自李先生的意外死亡，而保險公司已經懷疑李先生的死並不是單純的意外，恐怕是李太太自己下的毒手。

信眾都只聽到風光的那一面，卻沒有人去深究這些因廟得福的人，後來怎麼了。

阿呆認真的去查訪了一下，起初這幾個都只是小例子，後頭還有更大的！尤其是被活菩薩親自應允會如願的信眾，下場更是悽慘！

有婦人祈禱生意興隆，活菩薩唸出了她的姓名，保證婦人能得償所願；結果那婦人不眠不休的工作，她的手工麻糬堆到都壞了，她還是不曾停止工作，最後死在自個兒的廚房裡，雙手韌帶做到斷裂，而她的子女直說媽媽是中了邪。

還有個老伯伯每天三步一跪、九步一叩的走上山來，祈求自個兒老伴的病能痊癒，某天活菩薩終於唸到他的名字，他欣喜若狂的回到醫院，不出兩星期，他結髮六十年的妻子，肚子裡那顆腫瘤竟憑空消失！

這件事傳遍了鄰里，「㐬應宮」的神威遠播！只是一個月後，老先生的子女們返家探望病癒的媽媽，兩台車在高速公路上被兩輛砂石車包夾成鐵餅，八屍十命，全數死亡。

再說那砂石車司機，前頭那台說他親眼看到有警察在前頭揮舞紅旗要他即刻停下，他緊急踩了煞車；後頭追撞上去的司機也說，他的油表時速只有六十，怎麼踩都踩不快，深怕會影響後頭的車輛。

這兩個司機呼天搶地的辯駁，最後是落得驗尿酒測的命運，因為高速公路上沒有警方臨檢，而油表經過檢查也百分之百正常。

這則新聞是報得很仔細，但就沒有人把新聞跟「㐬應宮」連結在一起，更沒人會想到，這兩位砂石車司機數月前都曾去過「㐬應宮」。

人們只會著重在討論神蹟的靈驗，沒有人會去注意到其後發生的狀況，更沒有人會把悲慘事的發生跟廟宇連結在一起！因為廟都是神聖的，更別說現在這間「㐬應宮」裡頭可是有活菩薩尊駕，所有不好的事情都不可能跟神駕扯上關係。

趙友志在台南待到星期五，等著三個高中生月考考完，然後連夜回到雲林的家裡；最後只有兩位高中生同行而已，胖胖的那個好像出不了門，被家長禁止了。

這段時間他也發現所謂高人並不一定要是法師、高僧什麼的，比如阿呆同學，就相當深藏不露。

自從聽阿呆的話摘了那樹枝洗過澡後，他的精神就好很多，在民宿裡休息了一個多星期，體力變得很好，再也沒有那種鬱悶的不適感；惡夢也不再侵襲他，能夠安穩的入眠。

回到他家後，阿呆很明顯的對他家有意見，他說他想睡覺，沒體力應付外頭那掛監視他們的小鬼，所以就帶他們去旅館休息；叫羽凡的女生則是一直發抖，直接說他家有多不乾淨，然後在旅館外頭的馬路上當眾練起柔道來，才變得神清氣爽。

趙友志沒過問他們奇怪的行徑，因為「高人」嘛，總會有些不同凡響的地方。

由趙友志駕車，車子終於停到了「ㄣ應宮」的停車場，阿呆一下車就懷著相當強的警戒心。他們一身便服，像是個孩子似的，跟著一大群信眾往前擠去。

信徒們擠滿了廟門，裡頭跪滿了磕頭的信眾，他們雙眼全望著站在前頭的一個女人。

女人穿得樸實，一身素淨的道服站在桌前，旁邊是偌大的香爐，後頭一張方桌上鋪黃巾，後面兩人高的桌子上也鋪黃巾，最上層左右是大小神明尊駕，正中間的，則是觀世音菩薩。

女人就站在觀世音菩薩的前方，中間隔了許多香案。

「菩薩啊、顯靈啊！」信眾們齊心喃喃唸著，那祈願的聲響轟隆隆的。

「顯靈啊……」

只見女人面無表情的一睜眼，動作靈巧的一撐後頭桌面，彷彿拍武俠劇一般，翻個身就上了後頭香案。

更誇張的是，她四周毫無可攙扶之物，宛若飛翔，竟定點一躍，又翻上後頭那高兩公尺半的神桌上頭！

一跳上桌，她絲毫不含糊的就地盤坐，右手端出蓮花指，那動作跟後頭那尊菩薩金身，如出一轍！

「活菩薩啊、活菩薩顯靈了！」有信眾激動的大喊著，兩行清淚感動的落了下來。親眼見到那不可思議的景象，不管信與不信，民眾全都不自覺的跪下了雙膝，那女人突然展露出無法形容的威嚴感，神態宛若菩薩再世。

「天哪，」連王羽凡都瞠目結舌，仰視著坐在上方的女人。「那好像真的是菩薩的臉耶……」

阿呆沒吭聲，抬著頭，他眼底映著的只不過是一張普通女人的臉。

「你老婆？」他轉頭看向身邊的趙友志。

現下他們三人顯得非常突兀，整個廳堂內外，他們是唯一站著的三個人。

趙友志皺眉，難受的點著頭，那的確是他的結髮妻子。廖舒雅更瘦了，她的模樣簡直已經不像是個人，身上僅剩一層皮膚裹著骨頭，連關節都一清二楚，臉頰也已經瘦到露出頭骨的輪廓，頭髮幾乎掉光了，只能戴著帽子掩飾著。

枯瘦的雙手比著蓮花指，看起來像千年風化的木乃伊。

女人俯瞰而下，信眾萬頭攢動，從廟裡堂前擠到外頭，人數之多甚至擠到了半山腰，連那上山的羊腸小徑也全是叩拜求佛之人。

活菩薩依然聖嚴的坐定桌上，那眼似閉非閉，垂著眼睫，彷彿垂憐芸芸眾生。只是，沒有人能看清，在三公尺高的活菩薩臉上，也落下了晶淚。

——誰來救救我？女人好想大吼出聲，可是她完全動彈不得！

——這不是我！有人佔用了我的身體，他、他才不是菩薩，他絕對不會是！

——誰來救救我啊！

「廖舒雅！」一個高中男孩忽地大喝，打斷了所有信眾的膜拜聲。「看我這裡！」他抬起頭，伸長了右手，直直比著上方。

活菩薩狐疑的皺著眉，睜眼往阿呆身上看去，他右手手掌向上攤開，左手持著一瓶打開的礦泉水，然後將水往空中灑去。

水珠襯著陽光、閃著光芒，只是那光點竟變得刺眼，逼得所有信眾都睜不開眼。

「握住我的手！廖舒雅！」阿呆放聲大吼著，「看著光，我在這裡！握住我的手——」

「趙先生！」王羽凡連忙拉住趙友志，「快點喊你太太的名字！」

「舒、舒雅！」趙友志驚恐的喊了出來，那聲音裡甚至夾雜了哽咽！

信眾全數茫然，他們錯愕的看著攪局的高中生，而廟裡的小沙彌也跟著上前，領頭是解籤人，他氣急敗壞的朝著趙友志走了過來。

「不准過來！」王羽凡擺出柔道的姿勢，向著解籤人。「趙先生在找老婆呢！你閃遠一點！」

「胡鬧什麼！膽敢冒犯活菩薩！」解籤人高喝一聲，信眾們彷彿瞬間清醒似的，群起阻攔他們。

「冒犯了活菩薩！你們在幹嘛？小孩子快滾出去！」

阿呆沒搭理他，只是定定的看著上方的女人。「廖舒雅！廖舒雅！聽到了就出來！」

有人想從後方抓住阿呆的衣服，但是王羽凡更快，一腳把對方踢開，由於大廳內擠了太多人，隨便一腳就可以造成骨牌效應。

「啊啊！菩薩——」有人忽地指著上方大喊著，「菩薩！」

信眾們紛紛抬首，看著女人忽然自上方飛跳而下，那動作輕盈，仍不像是人間的凡人；這讓信眾們再度肅然起敬，跪地叩首，一拜再拜。

女人落在最近地面的桌子上，以蹲踞之姿，睥睨著眼前的男孩。

「你是什麼人？」她驕傲的抬起了頭，「憑你也想叫她出來？」

「我不是要叫她出來。」阿呆忽然挑起了嘴角，「我是要讓妳下來——」

電光石火間，阿呆忽地將掌心上的水，直直往女人的雙眼一蓋。

淒厲的慘叫聲隨之而來，女人痛苦的慘叫著，彷彿有火烙上她的雙眼似的，那叫聲迴盪在整間廟堂裡，揪住所有信眾的心。

就在她狂亂的搗眼尖叫之際，阿呆順手將手裡的礦泉水往她嘴裡灌去。他們是「家族事業」，家裡的人都有些對付陰界事物的才能；而他比較喜歡用水，因為水這種物質隨手即是，拿來對付任何魍魎鬼魅都非常方便！

「哇呀——呀呀——」女人尖叫著，她開始不停的吐，那模樣與姿態，已經不再莊嚴神聖。

事實上，目前蹲踞在桌上的廖舒雅，正呈現極度猙獰的醜態，她的臉龐轉成藏青色，她的雙眼暴凸，下巴拉得好長好長，黑色的水從嘴裡不斷逸出。

趙友志不可思議看著自己的妻子，一會兒正常，一會兒變成青色的臉龐，秒秒替換，簡直像是場魔術秀。

不過，信眾們倒是看清楚了，那飛身而下的……哪是什麼神聖的「活菩薩」？敏感一點的已然看清那恐怖的惡鬼模樣，即便是普通人，也早被她那模樣嚇得落荒而逃。

奇怪……逼不出來？阿呆看著痛苦中的廖舒雅，只覺得奇怪，水都灌進去了，為什麼逼不出她體內寄宿的東西？

「友志……」廖舒雅忽然一個抬首，恢復平常的模樣先。「友志！」

「舒雅！」趙友志痛哭流涕，眼看著就要撲上前去。

「急什麼！等一下啦！」阿呆擋在中間，邪物極有可能假裝廖舒雅來欺騙趙先生。

「我，」廖舒雅狼狽的伸長了手，倏地就抓住了阿呆的手。「我抓到了、我總算出來了……」

餘音未落，廖舒雅轉而虛弱的自桌上翻下，直接摔上了地。

不過王羽凡眼明手快，俐落的拉住了她，讓她不至於摔得太慘。

趙友志上前接過妻子，使勁的抱住她，廖舒雅沒有力氣支撐，想也知道，她能夠以這樣的體型活下來，都可以變成活生生的神蹟了。

「阿呆……」王羽凡有點不安的看向同學，「我好像沒看到什麼東西跑出來？」

「逼不出來，我也覺得奇怪。她身體裡的東西，我趕不出來。」阿呆很嚴肅的盯著昏昏沉沉的廖舒雅瞧，「現在搞得我連那裡頭是什麼都不知道了。」

「我們出去再講吧？」畢竟是大人，趙友志反應比較快些，因為這間廟絕對不是能久留之地。

所有信眾都已經逃命去了，不必到明天，「卐應宮」是間陰廟的事就會傳遍大鄉小鎮，以前那些什麼靈驗的傳說將瞬間被抹去，相信負面的消息很快就會浮上檯面。

這間廟不再會是什麼香火旺盛的廟宇，明天開始，這兒會連一個人都沒有。既然如此，「乩應宮」裡的人不氣死才有鬼，豈會輕易的放他們離開？

只見趙友志扛起老婆，阿呆跟王羽凡也起了身要離開，結果不知道哪兒竄出了幾個和尚，咚咚咚的就把那巨木紅門給關上了。

「可惡！放肆的小鬼！」解籤人怒不可遏的走了過來，「你是打哪兒來的？竟敢壞老子好事？」

「這叫好事？你的價值觀好奇怪喔！」王羽凡噘起了嘴，做壞事的人都振振有詞喔？

阿呆連忙拉過她，往自個兒身後藏，拜託什麼都不會的人少說兩句；還有，別擋在前面。

「她體內是什麼東西？那不是一般的鬼。」阿呆往前站了一步，一派從容。「你們設計了什麼？讓什麼東西上了她的身，還有臉裝作活菩薩？」

「她就是活菩薩！」解籤人義正詞嚴，「那是我們虔誠求來的神，菩薩降臨啊！特地選了廖小姐為乾女兒，代祂行使神權！趙先生！你為什麼就這麼不識大體呢？連廖小姐的父母都感念在心——」

「不要拿沒常識的人來說！欺騙盲目迷信的老人還大言不慚？」阿呆不客氣的打斷解籤人的說辭，「請神有那麼容易？就算有，要讓神明依憑上身也不是每個人都做得到的！」

解籤人打量著眼前的小毛頭，奇怪，小子看起來怪裡怪氣的，瘦小就算了，留著一頭很好笑的小瓜呆頭，還戴著一副白痴眼鏡，但這個完全沒有威脅性的小孩子……為什麼渾身上下卻有著強勁的氣？

而且，好像還知道的不少。難道是同道中人？

「你冒犯了神明，該當何罪？」解籤人不想回應阿呆，轉向趙友志。「趙先生，你知道你這樣做，會導致你家人招致災禍嗎？」

「你、你這是在威脅我嗎？」趙友志護著妻子，對這威脅益加怒火中燒。

他想起家人有八字在對方手中，他的、岳父母的，甚至連柔柔及安安……天曉得這邪惡的廟宇還能幹出什麼事！

「我不是在威脅你！你這樣侵犯神明，本就要受罰。」

「夠了沒啊？還在神明東神明西的？我橫看豎看，就看不出來你這間廟有神明加持！」

阿呆義憤填膺的摘下眼鏡，「我就算摘下眼鏡看，我也——」

他才環顧一下四周，旋即就噤了聲。

天哪……這是什麼景況？阿呆訝異的看著他身處的地方，他從來沒有看過可以同時聚集這麼多邪惡之物的場所。

廟堂裡，前方高聳的佛像們全是空殼，上頭附滿了魍魎，每隻鬼都虎視眈眈的看著他們，但也相對的懼於他的力量；樑柱上全攀滿了人類的怨氣，他甚至可以保證，樑柱上的紅漆裡摻和著人血。

就像那尊土地公佛像，他帶回家後，悄悄的洗淨祂的雙眼，將黑色部分洗掉後，露出明顯的兩個窟窿；對方的的確確先把土地公的雙眼挖掉，才再抹上惡咒燒燬的灰燼以及人類的骨灰。

那尊土地公已經被徹底的污染了，不但鎮不住土地、鎮不了這間陰廟，還因為金身染黑，恐怕得再修上個一千年，才能將這血污抵銷。

這種最最惡毒的手法，不但蒙蔽土地公的雙目，讓祂無法作用，還殘忍到抹上被血祭的人類骨灰！

這間廟裡，四處是鬼魅與怨靈、屍身與人血，整座廟宇的水泥，看來全都是和著人類的屍骨。

這間廟，本身就是一個地獄。

「看清楚了嗎？」

有個令人耳熟的聲音，自廟堂後方傳了出來。

連王羽凡都怔了住，那個聲音、她好像在哪裡聽過？前陣子在一個阿姨的家裡，曾經被小鬼襲擊的他們，遇上有人以天眼通偷窺他們。

那個人的眼睛就藏在電燈罩上頭，瞧著他們說話，那聲音……就像現在聽見的。

「是藏真師父！」趙友志凝重的說著，抱著廖舒雅的手更緊了。

「師父？」阿呆不可思議，對方有臉自稱啥米碗糕師父？

那塊藍色的布簾飛動著，從裡面走出素衣素裳的藏真師父，他微微笑著，王羽凡可以看見他的右眼，被塊布像海盜一樣遮著。

「阿、阿呆……」王羽凡下意識的上前，扯了扯阿呆。「他的眼睛！」

「藏真師父的右眼是瞎的。」趙友志連忙補充，「眼皮上還有疤痕，好像是被戳刺而受的傷……」

「我知道。」阿呆沉靜的看著藏真師父，他們距離兩公尺遠，雙方都立定不動。「那是班代戳的。」

咦？趙友志聽了完全不敢置信，藏真師父的右眼是那個胖男生刺瞎的……天哪，這三個高中生，以前真的就跟這間「乐應宮」有過事端嗎？甚至跟藏真師父親自……交過手？

阿呆不可能忘記那景況，某人透過電燈窺視他們，班代拿著水果刀狠狠的向上戳刺，他刺破了電燈罩，事實上也破了對方的天眼。

那時破裂的燈罩還流下了一大片鮮血，他想……應該就是眼前這位藏真師父的血吧？

「真高興，想不到可以再見到你們。」藏真師父看起來很愉悅。

「我也是，很期待見到你。」阿呆瞥了他一眼，「右眼還好嗎？」

「不好，瞎了。」藏真師父臉色突地一凜，「平常我還可以拿別人的眼睛來修補，但是、你用你的水毀了我的眼啊……」

「哦？那我是做了一件好事，以防別人的眼珠被挖出來替代你的。」阿呆其實心底有點高興，當初真的徹底弄瞎了對方的眼睛。

喲、噁不噁心啊！王羽凡不耐煩的瞪著藏真師父，自己的眼睛瞎了就想拿別人的去補？有能力的人是拿來幫助別人的吧？怎麼這種人好像在害別人似的！

「在幫別人著想之前，不如先想想自己的處境吧？」藏真師父張開雙臂，「看看這間廟，看看你們身處在什麼地方！」

什麼地方？王羽凡左看右瞧，就是一間廟嘛！幹嘛說得一副得意洋洋的樣子，莫名其妙！

而阿呆，則是不自覺的冒出冷汗，這間廟就是一個活生生的法陣，一個佈滿陰邪之法的陣式，一開始，就不該走進來的。

他不安的回首看了王羽凡一眼，她彷彿立即領會一般，皺著眉回望他。

然後，他的視線落在廖舒雅身上，啊啊……他終於看清楚附在她身上的是什麼東西了！

那不是神，當然也不是鬼，所以他的水完全沒有用。

就算他今天引來了地獄的業火，也完全不會有作用！

「阿呆……」王羽凡握住了他的手，因為阿呆的臉變得好蒼白。

「為什麼、為什麼要讓一個女人承受這種事？」阿呆驀地大吼起來，「你讓『那個』上她的身？」

「菩薩不來，我一樣能請擁有強大力量的東西來。」藏真師父自豪極了，那臉上淨是得意。「你不知道，為了請『祂』來，我也費了一番功夫呢！『祂』挑容器、挑八字、挑磁場，還挑對象順不順眼，嘖嘖，我傷透了腦筋！」

「是啊，不過這是緣分，剛好他們一家來這裡點平安燈。」解籤人跟著應和，「連合婚姻的八字都能作假，但是點平安燈嘛……假不得！」

趙友志聽得茫然，但是他知道這些人在談論他們家、他的妻子。「什麼！你們在說什麼！阿呆？他們在說舒雅嗎？」

「廖小姐是『容器』？」不知怎麼的，王羽凡討厭這種說法，似乎把人當成個物品。

「她的確是個容器。」阿呆點了點頭，「被鬼附身有時只要磁場相同就好，但是『他們』不一樣，他們要挑準確的八字、百分之百符合的磁場，不會有排拒力道，而且還得看順眼。」

「他們？他們是什麼東西！」趙友志全身開始不住的顫抖，不是神、也不是鬼，那還能有什麼——

連遲鈍的王羽凡都瞬間領悟到了，她小嘴圓睜，極度驚駭的看向了阿呆——不會吧？

「魔。」他看著廖舒雅身上的魔物，深深的懊悔著。

應該跟爸媽報備的……他不應該自己深入這裡，甚至還拖了無辜的羽凡下水！人，要怎麼跟魔鬥呢？

宇。

妻子無法行走，加上兩個高中生，趙友志看著這情況，開始懷疑自己能不能走出這間廟宇。

「阿呆同學……」他低聲的喊著阿呆。

他絕對不是在罵人，而是認識這位瘦小的男生到現在，他完全不知道他的名字，只知道大家叫他阿呆，他也只自稱阿呆。

問了姓名，他卻只是笑而不答。

阿呆回過頭，這間廟所有的門全都關上了，許多小沙彌與和尚站在門邊，阻擋著他們離去。

阿呆眼鏡下的雙眼，是清澈明亮的，可以看清所有的魍魎鬼魅及不屬於這個世界的東西，其實他的五官全都可以感知到陰界的東西，但是他對這些東西挺厭煩的，所以他戴了施過法的眼鏡與耳環，杜絕意識到他們的存在。

不過取下後，他現在可以清楚的辨認出哪些是人，哪些不是。

「一堆小鬼……」他伸出了手，直接點向幾個沙彌。「那幾個是人，剩下的全是鬼，羽凡，人類的部分就麻煩妳了。」

「咦咦？」王羽凡怔了怔，「你比太快了，我沒看清楚！」

當初在廟後跟趙友志說話的小沙彌是真正的人類，他聽見阿呆說的話，不禁嚇了一跳，那個施主剛剛說……他旁邊的人是、是、是鬼！

他下意識的往身邊的師兄看去，只見師兄和藹的對著他微笑……一直笑到整張臉皮擴張到無限，然後瞬間，他的臉跟面具一樣，唰的掉下了一張臉皮！

「哇呀啊——」小沙彌嚇得向後踉蹌，其他和尚也都驚慌失措！

「師、師兄！」

那師兄長手一伸，輕易的揪住了小沙彌的衣襟，飛也似的往前逼近；他的臉皮已經掉了下來，下頭是黑色滑溜的臉龐，表皮跟蛇一樣鱗錯，還佈滿了黏液。

長長的舌頭彎曲著，一伸一縮，看著眼前那不過十五、六歲的小沙彌，口水涔涔的流啊。

「可以吃吧？你們說可以吃的！」鮮嫩的孩童看起來最可口了。

「哇呀！師兄、師……師父！」小沙彌驚叫著，眼神終於瞥到一邊的阿呆。「救、救命啊！」

「喂，怎麼會有相處那麼久了，卻都不知道身邊的是人還是鬼啊？」王羽凡狐疑看著眼前詭異的場景，唯一聯想到的形容是「同門師兄弟相殘」，現下則是鬼吃人。

「妳少五十步笑百步。」阿呆沒好氣的吐她槽，換作是羽凡，情況也一樣。

某個角落發出了慘叫聲，有人逃跑時，腳被一把扯斷，趴在地上往前掙扎爬行，有人試圖躲到桌子底下，但是桌底下的怨靈數量更為驚人。

「為什麼？現在是大白天啊！」趙友志突然注意到門縫下的陽光，這怎麼說都太不合理了。

「你以為鬼真的只有晚上才會出來嗎？」只見阿呆拿過神桌上的蠟燭，往面前的妖鬼走去。「大部分的確是，但剩下的、只要環境允許，他們一樣可以橫行無阻。」

「環境？」王羽凡不安的看了看這間廟，「這裡的環境非常好喔？」

「好到我們可能逃不出去呢！」阿呆雖然這麼說著，但是依然帶著笑容，右手雙指併攏，觸及燭火，燭火進而在他指尖上跳躍。

妖鬼正把自己惡臭的尖嘴撐大，尺寸剛好要把小沙彌給吞下去之際，注意到逼近的阿呆，將他那醜陋無比的頭轉了過來。

「太慢了。」他淡淡說了一句，指尖往妖鬼上一點。

另一隻手，飛快的拉過已經不省人事的小沙彌，以免他被活生生的火燄燙著。

那化作蛇狀的妖鬼，整副身軀已經劇烈燃燒，他淒厲的慘叫，凸出雙眼瞪著，痛苦的扭曲著身體。

現場瀰漫著一股惡臭的焦味，妖鬼的身體漸趨炭化，然後消散在空中。

「你把人跟蛇融合在一起嗎？」阿呆喃喃看著四飛的妖鬼，有點敬佩。「還滿有意思的……竟可以做到這種地步。」

藏真師父看著阿呆，沒有說話，他眼底倒映著閃耀的火光，嘴角嵌著笑，看起來對阿呆非常滿意。

他走回來時，發現王羽凡身上已經帶了傷。

「你又玩業火喔？我跟你媽說喔！」

「妳是去哪裡……」他看了四周，發現有的妖鬼已經被打得落荒而逃。「妳連這種玩意也敢碰？」

「我不想閒著咩！」她聳了聳肩，手上拿著銅製的燭台，分量紮實，從妖鬼的後腦勺砸去，相當有效。

趙友志自然是看得目瞪口呆，這奇怪的高中生，可以讓一小簇燭火在妖怪身上燃燒，甚至燒燬對方；一個高中女生，不但可以閃躲過鬼怪們的攻擊，甚至還可以拿燭台砸他們？

他應該要做些什麼的，他是這裡唯一的大人啊！

上方傳來一些細微的聲音，那像是爪子在柱子上摩擦的聲音，阿呆仰頭看去，才發現曾幾何時，有群熟悉的小鬼們，正從柱子上方攀爬而下。

那群小鬼是名副其實的鬼群，從嬰兒到五、六歲的兒童都有，他們身上全有著黏滑的液體，瘦骨嶙峋的模樣，數量比上次見面時還驚人。

他們只敢停在柱子上一半的位置，還有那群化為人形的妖鬼們，也不敢逼近阿呆他們；阿呆看向那位自稱藏真師父的男人，他知道是因為那個人沒有下令，所以這些受控制的鬼眾們也不敢輕舉妄動吧？

「你們到底想要做什麼？」阿呆看著他，決定開門見山。

「我們只是開間廟罷了！想讓廟興旺一點，本來就要請神。」藏真師父一副理所當然的樣子，對著倒在趙友志懷裡的廖舒雅微笑著。

「請不了神，就請魔嗎？」阿呆側著頭想了一下，「還是你一開始就沒打算要請神？」就過去這間廟的氣場表現，它一直都是施陰法的廟宇，這種人怎麼可能請得到真正的神明？

「魔主的力量並不比神明差！」這是他多年來的感想，「要完成一個人的願望，求神並不易得到，但是跟魔求，保證很快就能實現。」

「附帶的條件也不多，不需要花上數年或是數十年的光陰！」連解籤人也虔誠極了，「你應該去打探一下我們創造的奇蹟，多少人在我們這裡還了願，就表示我們如了多少人的祈禱。」

「那後續呢？如願以償後要付出什麼代價？我打聽過，沒有一個好下場！」阿呆冷冷的扯著嘴角，「話說得那麼漂亮，要是那些信徒知道有那種後果，誰還敢祈願？」

魔……趙友志聽得難受，他看著懷裡的妻子，舒雅身上不是什麼菩薩，他一直都知道，但是為什麼會是魔？沒想到這間「㐅應宮」竟請了魔物降在她身上！

這也就是為什麼連土地公都退避三舍，家裡供奉的神明及神主牌位也全都折斷。

「這就有所誤會了，你該討論的是那些信眾的想法。」藏真師父從容的雙手交疊身後，大步的邁開。「他們要求什麼，我們成就什麼……其他的後續？那也只是人生的際遇罷了！」

「聽你在五四三！」王羽凡不耐煩的出了聲，「所有來這裡還願的人，人生都那麼悽慘喔？明明就是你們向人家索取別的東西！而且既然已經『還願』了，怎麼還可以拿取別的東西！」

「唉唉，小女生，這就是妳不懂的地方了。」藏真師父在廳裡轉著圈，所到之處，妖鬼們紛紛退避，看來他完美的掌握了他們。「為什麼高鐵會比客運貴？時間就是金錢吶！想要快速達成奇蹟，總是要付出一些代價的！」

「呿！說半天前頭都是冠冕堂皇的話！」王羽凡噘起了嘴，「你們有良心的話，幹嘛不讓信徒們知道坐在上頭的是活生生的魔物，要搭快速列車的請排隊，只是代價會很高喔！」

阿呆把越說越激動的王羽凡往後拉，「他們要是有良心，會請魔物嗎？」她能不能再多想一下下啊？

王羽凡眨了眨眼，一臉恍然大悟的模樣，對厚，她太天真了。

「這是生意，一切都很公平。」解籤人依然故我，「我們達成了信徒的願望，他們就該付出應有的代價。」

「代價是什麼？」坐在地上的趙友志終於出了聲。

有沒有人可以告訴他，那他的妻子遭受這樣的對待，又得到了什麼？

「那個……」藏真師父忽然恭恭敬敬的朝著廖舒雅一拜，「就是由魔主自己決定了。」

不管是要靈魂、還是鮮血，全都看他高興。

半身不遂，老婆又跟合夥人跑掉的張先生，魔物要的是他在床上痛苦掙扎的心情；單親爸爸那個被撕票的女兒，魔物享受的是女孩被活生生切成三塊的慘叫聲；至於那位李太太，他只是稍微鼓吹了一下人性的黑暗面，她就真的下手毒害了自己的丈夫，讓他見識到人類的狠毒，也因此他沒跟李太太拿些什麼，他已經看了一場秀。

希望生意興隆，有做不完生意的婦人，讓他很好奇為什麼人類不喜歡享受短暫人生中的片刻安寧，如果這麼希望做到死，他可以如她所願；他讓訂單源源不絕，讓婦人的手停不下來，她的腦子無法控制身體，在極端的恐懼中做到死亡為止。

那種慌張、絕望的情緒，嚐起來也很美味。

而那為了老伴虔誠請託的老人呢？他是魔，沒什麼好感動的，他只是喜歡看看用十條命換老伴一條命的老人家，覺得值不值得呢？當然，他有兩個未出世的孫子，也是他要享用的主餐之一。

至於那兩名肇事的砂石車司機，他們上次在這兒嚼了檳榔吐了渣在地板上，他看了很不順眼。兩個人都祈願天天有飯吃，所以他順水推舟，一次解決，讓他們有吃不完的牢飯。

魔主很喜歡這間廟，人世間有太多填不滿的欲望，可以讓他恣意的索取代價。

阿呆感覺到邪氣逼人，他不安的回過頭，果然發現癱在趙友志懷中的廖舒雅，不知何時已然睜開雙眼。

「舒雅……」趙友志喚著她，「那我老婆為什麼、為什麼要遭受這樣的對待？把她身上的東西趕走！趕走！」

他痛哭失聲，緊抱著廖舒雅，只可惜他現在擁著的，好像已經不是廖舒雅了。

阿呆悄悄的拉著王羽凡往一旁退去，離趙友志越遠越好，他灌入廖舒雅體內的水似乎已經失去效力，因為她不是意志堅強的女性，也無法壓制魔物的意識。

「魔主是請不走的，他又不是一般的鬼魅，」解籤人冷笑一聲，「趙先生，你對魔主可得恭敬一點！」

「請不走？」這邊的王羽凡忍不住低語，瞪著阿呆問：「請不走嗎？」

「我不知道，我又沒請過！」他也面露憂色，「我怎麼知道天底下有人請魔附身的！」

哇咧。王羽凡不安的看著這局勢，小鬼就算了，那個阿呆應付很多次了，她身上也有萬應宮的平安符，可以拿來當武器……可是魔呢？魔是比妖還高一層的東西耶，那種東西如果阿呆不會對付，那她當然也不會啊！

那他們、他們今天是來送死的嗎？

下一刻，廖舒雅忽然從趙友志懷中騰空躍起，骨瘦如柴的手狠狠打了趙友志一巴掌，直接把他往大門那兒揮去，其力道之兇猛，讓趙友志簡直跟保齡球一樣，直直溜出去，最後撞上大門昏了過去。

然後廖舒雅詭異的站直身子，朝著他們望了過來。

「趙先生！」王羽凡呼喚著他，唯一的大人可不可以不要那麼快就掛點？

趙友志似乎完全暈死，而他上半身貼著的門，浮現出許多掙扎的人頭，他們的血和在紅漆裡，冤魂正試圖碰觸他。

藏真師父忽然肅然起敬，後退了幾步，雙膝跪地，虔誠至極的朝著廖舒雅膜拜起來。

而眼前這位廖舒雅一甦醒，很多東西也跟著突然醒了過來。

四周，不管是門或是牆面，受困的靈魂全都出現了，他們慘叫著、哀鳴著，上半身鑽了出來，扭動著身子，帶著既畏懼又渴望的神態，望著直立在神桌前方的廖舒雅。

滿滿的……都是靈魂啊！阿呆沒有看過為數如此驚人的靈魂，至少上千個靈體，全都被禁錮在這間廟裡。

哀鳴聲此起彼落，迴音在大廟堂裡震盪著。

廖舒雅開始一步步走著，王羽凡私心認為，如果她喜歡打坐的話，跳上桌子盤坐會比較好看……因為她太瘦了，那只剩皮包覆著的骨骼，根本很難支撐身體的重量，走起路來歪歪斜斜的，關節跟關節還會咯吱作響。

她，朝著阿呆他們走了過來。

阿呆向後退著，王羽凡也跟著往後走，扣掉他們兩個，其他不管是人或鬼，全都懼於廖舒雅的力量。

然後，她突然又停了下來，張開嘴巴，對著趴在地上的藏真師父說了一些根本不像地球語言的話……邊說著話時，口中還邊吐出黑色的氣體。

「她好像在說『爬說語』喔！」王羽凡認真的聽著，那聲音很像哈利波特小說裡，蛇說的語言。

「哈、哈、哈！」阿呆忍不住回頭白了她一眼，「那可不可以請佛地魔來翻譯一下？」

佛地魔，也是哈利波特一書裡的至大魔頭。魔對魔，搞不好他們可以輕鬆點。

「換容器？」藏真師父抬首，愕然非常。

只是下一秒，他的視線往王羽凡身上看了過去。

「他是在看妳！」容器？阿呆瞬間領會魔物的意思，他想從廖舒雅身上離開？

「不成啊……只是看順眼的容易有危險，現在這個才是最完美的容器！」藏真師父的語調有些緊張，「尚不知道那個女生的八字……」

「我這兒有！」解籤人竟語出驚人，從口袋中拿出一張折疊妥當的紙張。「那兩個人的八字。」

阿呆不可思議的看向王羽凡，說過幾百次了，不可以把八字跟別人說！

她死命的搖頭——她才沒有咧！容易被鬼魂附身的她已經夠麻煩了，她沒事找事才會去把八字公諸於世吧？

「現在的孩子都喜歡上網算命，隨便一個測驗就能夠讓他們心甘情願的留下姓名跟八字！」解籤人忙不迭的攤開紙張，「王羽凡。」

「你們……怎麼會拿到我們的八字？」王羽凡氣急敗壞的喊著，但一方面跟阿呆使眼色。

「因為你們終究是我們下一個要對付的目標。」藏真師父微微一笑，只是沒想到，提早來了！

看著解籤人正在推算他們的陰曆時刻，阿呆趕緊推著王羽凡往廟方後頭走……隨便解籤人怎麼推，都推不出正確的八字的！因為就算是網站算命，王羽凡也從沒填過百分之百真正的生辰八字！

她跟阿呆認識多久了，怎麼會犯基本的小錯誤啦！就算是上網去偷算她跟阿呆的戀人契合度，她也是隨便填的。

嗚嗚，因為她決定待在阿呆身邊當朋友，總比當情人不成，連友情也完蛋的好！

「好像、不太對？」解籤人狐疑的皺起眉頭，跟靈光不太符合。

廖舒雅歪了頭，突然又往一旁的神桌翻了上去，舌頭忽地舔著嘴唇，一臉渴望的模樣。

「啊、祭品嗎？」藏真師父也露出了會心一笑，「是啊，我原本想要他們兩個，留著當活祭品呢！」

有什麼東西，會比天生擁有力量的人，來得更加美味呢？

「終於要獻上活祭品了嗎？」解籤人也雙眼熠熠有光，因為只要廖舒雅吃了活生生的人，她這輩子就再也沒有脫離魔物的可能性了……

甚至，連魔物也會永生永世，被他們困住！

兩個人恭敬的再拜，請再次盤坐在桌上的廖舒雅稍安勿躁，他們即刻就會把兩個高中生五花大綁起來，給魔主在極陰之陣裡，徹底享用。

只是當他們站起來時，發現整間廳堂，已然不見阿呆二人的身影。

柱子上的小鬼又尖叫又跳的，枯槁的手指向後方，那塊藍色的布簾依稀在飄蕩著。

廖舒雅皺眉瞇眼，嫌身邊叫跳的小鬼吵，忽然一伸手就把小鬼給抓了過來，直接撕成兩半，往後頭的菩薩佛像扔去。

藏真師父從容的往後走去，真是兩個不知天高地厚的高中生，以為後頭就有機會逃走嗎？

他們並不知道，這間廟的建地，除了廟宇之外，任何一塊空地、包括停車場下方，全都埋葬了難以計數的屍骨——這兒是亂葬崗啊！

※　※　※

「我為什麼又是容器！」王羽凡不平的尖叫著，以前也發生過一樣的狀況！

「妳那麼容易被鬼纏身，這種事可想而知好嗎？」要不是她一直有在練柔道，正氣無敵，不然她早就是個病鬼了！

「幹嘛每次都是我！不公平！」她懊惱的抱怨著，像阿呆啦、班代啦，他們從來就沒被厲鬼看上過！

他們趁機穿過了布簾往後頭跑，但後面絕對好不到哪兒去，在王羽凡這敏感體質的人眼中，已經夠多冤魂厲鬼飄浮了；而在阿呆那啥都看得清明的雙眼裡，這裡一樣是人間地獄。

他們一路往最後頭跑去，忽視一邊包廂裡在地上爬行的屍鬼，最後頭有座火爐，那兒好像香煙繚繞，像是在祭拜著什麼。

「阿呆，你到底有沒有辦法把廖小姐身上的東西趕走啊？」王羽凡邊跑，邊想著可能性。

「請神容易送神難，公式一樣可以套用在魔身上。」他神色凝重，「魔的力量也很大，得有規矩請他離開。」

「請？那萬一他說他不想呢？」她很認真。

「那我也不知道了。」阿呆聳了聳肩，魔物根本不是他能對付的。

衝到最深處，高牆阻止了他們翻牆的可能性，而那香爐依然飄散著檀香，只是立在那兒的，是尊小菩薩像。

「空心的。」王羽凡這麼斷言，還試圖爬上去，敲敲那尊菩薩像。

「知道就好，妳少碰！」阿呆拉住她，把她往下扯。「我也不認為他們會拜菩薩。」

「這間廟……沒有任何一尊神明嗎？」王羽凡不安的來回走著，她聽著被困在牆裡的鬼魂們鼓譟著，想也知道他們都是報馬仔，在告訴敵人他們躲在哪兒。

「不可能有。」阿呆握緊雙拳，「這廟地處極陰之地、建在屍骨之上，而且水泥和著骨灰、紅漆摻著人血，這裡本身已成一個陣法。」

姑且推測，這陣法讓來祭拜的信徒們迷了心神，認定這間廟的靈驗、或產生幻覺、或進行催眠，然後初期才能到外頭去宣揚這間小廟的靈驗；接著他們等待，等待前來點光明燈的人，等待可以盛裝魔物的容器。

一般來說，點光明燈都會逕往大廟去，畢竟生辰八字是很重要的東西，不能隨便亂給；但是趙友志夫婦卻犯了最大的禁忌，在不認識的小廟裡，給了確切的八字。

光有這份八字，廟方就可以進行非常多的事情，不管是下降頭、立詛咒，或是拿她當替身，要做什麼都行；只是沒有人想到，會請魔降臨，而她會變成一個容器。

到陰廟給八字，比請鬼拿藥單還糟！

「那我們能怎麼辦？」王羽凡期待的看著阿呆，因為阿呆總是有許多方法。

阿呆擰著眉看著她。他的汗已經浸濕了衣服，他的心裡慌亂，他即使有火有水，也驅不走魔。

他，什麼都不知道！他根本不知道該怎麼辦！

啪嘰——有個明顯的碎裂聲，從阿呆的正後方傳來。

他們不約而同的往後頭看去，那坐在桌上的小菩薩像，竟開始出現裂痕。

「喔、天哪！」王羽凡嫌惡的皺起眉，「我可不想看裡頭長怎樣！」

「……剛剛說要上去敲敲看的人是誰？」阿呆沒好氣的歪了歪嘴。

小佛像裂開得迅速，附近所有鼓動哀鳴的鬼魂們全都噤了聲，阿呆非常不希望發生這種現象，他寧可鬼魂們越吵越好。

佛像開始剝落，裡頭出現一塊塊紅色的東西。

王羽凡嚇得要死，她躲到阿呆的身後，但是好奇心趨使她睜大了雙眼，想看看這裡，究竟供奉的是什麼玩意兒——

唰唰！

一片紅血突然灑了過來，在他們措手不及之際，直接覆上他們的雙眼。

「哇啊啊啊——」

阿呆只感覺到刺熱感透過眼部的神經傳進腦子裡，他的眼睛好像從眼皮開始腐蝕，一直融蝕掉眼球，進而往腦子裡開始蔓延……

他痛徹心腑的慘叫著，在他巨大的叫聲中，隱約也聽見羽凡的尖叫聲。

然後，他們的世界陷入一片紅色，終至失去了所有知覺。

讓阿呆清醒的，是焚燒屍骨的味道。

他的雙眼睜不開，痛楚不再，但是鼻子卻清楚的聞到火燒人肉的味道，而且是已經腐敗的人肉。

一旁還有靈魂在哀號著：『不……我的身體……』

他發現自己躺著，意識尚不清明，但是可以聽見清楚的誦經聲，那經文沒有一個字是他所熟悉的，應該是屬於邪法類的經文。

「嗯……」緊鄰著他的身邊，有人在動，喉間逸出的聲音是女孩子的聲音。「咦？咦……放開我！是誰！」

嗯，非常容易明瞭，在他身邊滾來滾去的，一定就是王羽凡了。

「我看不見！阿呆！阿呆！阿呆——你在哪裡！」王羽凡繼續歇斯底里的尖叫著，「滾出來啦！阿呆……」

「我在妳隔壁。」拜託不要再尖叫了。

「咦？」她終於靜了下來，這才認真的發現，她剛剛一直撞到一個人。「原來是你喔，我以為我身邊躺著的是死人。」

「謝謝妳喔！」看這景況，恐怕要不了多久他真的快變死人了。「妳也看不見嗎？」

「眼睛睜不開，有布蒙著我！」她試著要坐起來，「啊呀！我的身體被綁在、綁在……桌上？」

咦？阿呆聞言，也試著動身子，或是掙扎坐起，發現他們真的動彈不得，從腰際到大腿直至腳踝，全都被綁住了。

問題是，為什麼要綁在桌上？

阿呆想破了腦子，除了「活祭品」三個字外，他幾乎聯想不到其他的原因，會需要把他們給綁在桌上。

他開始拚命的掙扎，卻於事無補，對方將他們綁得十分紮實，並不容易鬆開，身邊的王羽凡使盡了吃奶的力氣，也只讓繩子鬆動而已。

「好了，別再做垂死的掙扎了。」終於，上方傳來藏真的聲音。「你們能夠獻祭給魔主，應該備感榮幸才是。」

「榮幸個頭！」王羽凡氣急敗壞，聲音都哽咽起來。「我才不要被當什麼祭品呢！我最討厭、最討厭了！」

「拿我們給魔物吃嗎？」阿呆全身也不住的發抖，「那個魔主知道吃了我們，會有什麼下場嗎？」

嗯？坐在桌上的廖舒雅，忽然跳開雙眼，把眼珠子向外凸，豎耳傾聽。

「他不知道對吧？不知道在下方，你還擺了——」阿呆準備把秘密道出，但是藏真卻更快拿布堵住他的嘴巴。「唔！唔唔！」

「時辰快到了，請您稍安勿躁。」藏真趕緊跟坐在上方的廖舒雅說著，她現在把雙腳勾在頸子上頭，用手掌撐著身子，在附近的桌上、柱子上跳來跳去。

好美味的食物，看那兩個孩子發出的靈光，他就知道，這是難能可貴的食物啊……

「阿呆！你乾媽呢？每次這種時候，她都會咻的跑進來啊！」王羽凡哭得泣不成聲，為什麼到現在沒人來幫他們。

阿呆有一個乾媽，是她母親的守護靈之一，當初是穿著紅衣服自殺身亡，因此被判飽受永無止境的苦刑，才被發配到阿呆母親身邊充當守護靈；而那個守護靈非常疼愛阿呆，每次遇有危難，總會跟在身旁。

阿呆卻不希望乾媽來，這裡太邪了，只怕乾媽那種自殺之鬼一進來，也會被吸收同化，太冒險了！

「嗚……你怎麼不回答我啦！」王羽凡一個人又哭又叫的，「他們也該來了！為什麼沒人來啦！」

嗯？誰？誰該來？阿呆聽出她哭泣中的語焉不詳。

下午阿呆昏倒後，警方來過廟裡一趟，有人去報警說在這裡撞了鬼，所以警察上來看了一下；解籤人出外應對一切，他當然是處理得妥妥當當。

然後他們拿下午受重傷跟還活著的小沙彌當引子，利用他們的血在廟堂中間畫了一個陣式，而祭品桌就擺在廟堂正中間，上頭放著活生生的兩位高中生。

貌似恭敬的藏真等著時辰一到，讓魔物可以大啖晚餐。

其實他盤算的是，在這塊水泥地下，他當初煞費苦心的用人骨擺成的特殊陣式，剛好跟現在上頭的紅血陣法組合完成，一旦魔主吃了他所供上的祭品，他將會永生永世受他的控制與擺布。

屆時，就算他自個兒想修魔，也不是什麼難事了。

血與靈魂是少不了的食物，但是這世界的人有太多貪念與欲望，這是取之不盡的食材來源，根本不需要憂愁。

至於容器壞掉的話，還能有新容器的！今天這裡被高中生攪局沒關係，改明兒換個地方，一定會有人喜歡到名不見經傳的小廟祭拜，只要能取得生辰八字，挑選容器那還不容易？

至於趙友志，那一頭撞得不輕，因為礙事兒，他被拖到桌子底下去。藏真打算找個方式把他解決掉，看是先關起來當作新廟的建材，還是咒成活人蠱，都相當的划算。

趙先生的妻子在自己手中，相信他必會言聽計從。

只是現在，趙友志幽幽轉醒，看見自己被扔在一張小桌底下，有點迷濛，卻被鈴鐺聲嚇得瞬間清醒。

他摀住嘴巴，避免自己看見地上那小沙彌的屍首而叫出來。

偷偷掀開桌布一角窺探，他看見被綁在桌上的兩個學生，還有塗在地上，那怵目驚心的紅血陣法。

他縮回桌下，慌張不已，情況怎麼變成這樣？那兩個高中生怎麼……都是他害的，他害慘那兩個學生了！

他開始搜尋口袋，發現手機不知何時掉了，怎麼辦？他要怎麼求救？還是說……

突然，桌下有個小動靜闖進他的餘光裡。

趙友志倒抽一口氣，緩緩的往桌布下看，發現有一根手指頭，似乎在顫動著？他彎下頸子，從桌布下緣看出去，是其中一名小沙彌的屍體。

他雙眼瞪大，死不瞑目的望著他，瞳孔業已放大，看起來是斷氣已久……但是，他趴著的屍首……那右手食指，卻在輕輕的移動著。

他指著某個方向，某個讓趙友志不得不再次掀開桌布，偷偷觀察的方向。

那是阿呆同學的包包，就被扔在他那張神桌邊，他仔細瞪著小沙彌的屍體看，他的指頭依然慢速的顫動著。

好！他一咬牙，死馬當活馬醫！到這個地步，他什麼都信！

他趁著外頭不注意，一把抓過包包，打開裡面翻看著……看見了沒有訊號的手機，還有——一個黃巾布包著的東西。

「差不多了，我們就離開這裡，請您慢慢享用大餐。」藏真師父的聲音傳來，愉悅至極。

他跟廖舒雅一鞠躬，她從上頭的柱子跳下來，扭動著肩胛骨，看起來很飢渴的模樣。

砧板上的兩個人，已經逼近認命的狀態。

「等——等一下！」趙友志突然從桌下跑出來，「你們給我等等！」

藏真師父訝異的看著竄出的男人，他抓著一個黃巾布包著的東西，全身顫抖的對著他們大吼。

「呵……趙先生，您醒了啊？剛好可以看你妻子吃飯。」解籤人竊笑不已，「你不是一直都很擔心她沒吃東西嗎？我們才貼心的送上兩個鮮嫩的孩子。」

「不是！我才不會讓你們得逞！」趙友志鼓起勇氣，把黃巾布給撤開。「這、這裡面有神明在！你們休想亂來！」

黃巾布下，是那尊被挖去雙眼的土地公。

阿呆將上頭的黑漆弄乾淨了，但是祂還是沒有眼睛，那尊土地公雙眼空洞的向著他們，這不但沒有引來任何人的懼怕，反而引起一陣哄堂大笑。

唉……阿呆無力極了，趙先生能不能找把刀子先幫他們解開？這可能比較實際一點吧？

「失禮了……趙先生，那尊土地公是被我封印的，你怎麼會拿祂出來呢？」藏真笑得很誇張，「你可以看看廖小姐，她完全沒感覺喔？」

咦？趙友志慌亂的看了看土地公，祂不是神嗎？不管怎樣，好歹有神階吧？再抬首望向妻子，她依然睥睨著他，撐著身子用掌心走來走去，很煩躁的模樣。

「解開繩子！」王羽凡焦急的大喊，趙先生這時候拿土地公幹嘛啦！

趙友志聞言，才想到他應該拿刀子的，他記得在阿呆包包裡有一把瑞士刀，只是當他要衝回桌底下拿時，那兒已經被陰邪的小鬼盤踞了。

他們用尖利的指甲劃開他的手臂，涔涔鮮血瞬間流出。血氣讓廖舒雅更加焦慮，她的指甲在神桌上劃著，削出一條條木屑。

「所以，趙先生還有什麼法寶嗎？」解籤人笑吟吟的逼近他，趙友志只能抱著土地公往後退。

「趙先生！你快逃！」王羽凡大聲一喝，能逃一個是一個！

「有神明的、一定有神明的！」趙友志雙腳不住的直發抖，根本都走不動了，但是他卻緊緊抱著土地公，向著解籤人、對著廖舒雅。「有廟就有神，一定有神的！」

「我很佩服你的信念，但是神明在這塊土地上、在這間廟宇裡，不存在。」藏真師父低低的笑著，語調裡帶著絕對的自信與高傲。

接著，廖舒雅向下跳到了祭品桌上，一腳從王羽凡的肚子上蹬了下去。

被封去雙眼的阿呆可以感受到極端的惡臭與邪氣，已經被束縛的他全身無法動彈，甚至連掙扎都徒勞無功；而胃酸差點沒吐出來的王羽凡，撐著一口氣在破口大罵。

廖舒雅的指頭喀啦喀啦作響，她的指尖劃過王羽凡的臉龐，劃出條漂亮的紅痕，她想先吃掉這個女生，因為那男孩的靈光好強，她想留下來，以後補充靈力……

『讓我聽聽妳的慘叫聲有多迷人吧！』廖舒雅的聲音傳了過來，歡愉得讓人毛骨悚然。

她的指甲刺進王羽凡的肚子裡，從肚子開始撕開，溫熱的內臟是最鮮美可口的了！

說時遲那時快，外頭突然傳來一陣巨大的引擎聲，緊接著是強力的撞擊聲響，震耳欲聾，整間廟宇跟地震一樣，跟著巨幅晃盪起來。

然後阿呆明顯的感覺到鬼魂們的驚恐、慘叫，連小鬼也紛紛走避！

不會吧……？

「誰說沒有神明的？」有個女生的聲音，忽然從門口的方向傳來。

趙友志瞠目結舌的看著突然撞進的車子，幸好他站在邊邊，要不然應該已經被那台車撞得稀巴爛了吧？

「阿呆！」車門打了開，衝出了數個人，還有班代的聲音！

「班代！是班代！」王羽凡開心的大笑著，「太慢了啦！我沒傳簡訊給你很久了！」

當初阿呆決定跟趙友志北上時，班代就覺得這樣十分不妥當，雖然他不是很懂，但感覺得到趙先生家裡遇上的事情，不是普通的事件。

之前阿呆跟那個「ㄎ應宮」發生過一些事情，班代跟羽凡也都知道那是間惡劣的陰廟，所以要將惡瘤除去是阿呆的心願，但是如果對方能開設陰廟，就表示絕非泛泛之輩，憑阿呆一人之力是否太危險？

因此班代跟羽凡私下說好，由羽凡陪著阿呆北上，他以家裡不准為理由，然後等羽凡的簡訊；她必須每半個小時發簡訊給他，代表一切安好，否則就是出事了。

當然他也沒閒著，趙友志前腳才走，他後腳就騎腳踏車往萬應宮去，把這件事情告訴阿呆他爸爸，結果整個萬應宮簡直要掀了，從上到下都氣得半死，直說阿呆太過魯莽。

因此萬應宮開了兩台車出來，由這一代最厲害的法師——一個大學生姊姊領軍，而他跟著坐車北上，一路按趙先生說的方向前進；這之中羽凡一直有簡訊聯絡，直到最後一封「我們到了」之後，就杳無音訊了。

當時所有人都知道不妙，等驅車到山下時，卻找不到路通往「ㄎ應宮」，一直在山上打轉；繞到夜晚，他們突然說有土地公在召喚，才得以及時趕到。

班代尷尬的搔著頭，「抱歉抱歉……我們找不到進來的路呢！」

什麼？阿呆嚇了一跳，班代的不克前來，是故意的嗎？

祭品桌上的廖舒雅下一秒跳上了神桌，離開了王羽凡的身上，但是也不讓班代任意靠近。

班代上前想為同學解開束縛，卻發現絲毫靠近不了，那又是道透明的阻礙，讓他無法踩進鮮紅陣式裡。

「怎麼辦？」他不知道在對誰說。

「放心好了！」這是一開始的女生聲音，「等舅媽把安全帶解開之後……」

餘音未落，又傳出車門聲，有個人急急忙忙的從車子裡跳下來，直接往前衝——

「阿呆——」那是個女人的聲音，完全沒有受到阻礙的撲到了阿呆身上。「天哪！你的眼睛怎麼變這樣！」

女人手忙腳亂的開始拆繩子，一邊瞪著在上頭咆哮的廖舒雅。「妳叫什麼啊？是妳把我兒子搞成這樣嗎？」

媽……阿呆感覺到自己已然被鬆綁，真的是媽來了！他就知道，媽的靈光是一等一的強，難怪剛剛四方小鬼全都走避。

「乾媽呢？」他攀住母親的肩膀，「我感覺不到她。」

母親有近二十個守護靈，就是沒感應到乾媽的，而且還有好幾個也沒來的樣子。

「我不讓他們進來，那些曾是厲鬼的守護靈容易出事。」陌生的女聲回答了。

被鬆綁的王羽凡也坐了起來，一把扯下眼上的紅布，看清楚現下的情況。

廟的正門被一台 Toyota 撞得分解倒地，而現場來了好幾個人，有班代、阿呆的媽媽，以及一個長得很清秀的大學生姊姊。

「表姊……」阿呆對著女生的方向，劃上一個稍微放心的笑容。

「哇啊！阿呆阿呆！你的眼睛……」王羽凡回神一瞧，發現阿呆的眼皮跟臉全皺成一團，像是被鹽酸腐蝕過一樣，全融在一起了。「可惡！哪個混帳東西幹的！」

藏真師父終於走到了前方，站在陣法裡，他很訝異竟然有人可以長驅直入，就連外頭那個看起來相當有力量的女生，都還走不進來呢……

「搬救兵嗎？」他微微一笑，「妳就是萬應宮的主持人吧？」

「選擇魔道不是條好路，開設陰廟更不是明智之舉。」表姊繞著陣法外圍走，一邊看著藏真，一邊注意著在上方按兵不動的廖舒雅。「你最大的錯誤，是綁架我親愛的表弟。」

「妳能找到這裡，值得嘉許。」因為對外的路他已經用瘴氣封住了，警察下山之後，一般民眾根本找不到上山的路。

「那要感謝土地公的幫忙，你們不知道，你們讓這片山頭多少土地公恨得牙癢癢的。」表姊轉頭看向趙友志，「班代，請土地公過來。」

「哼，區區土地公能做什麼？更別說祂們已經被我挖去雙眼，封住力量。」藏真輕蔑的看著那尊沒有眼睛的土地公神像，「祂們是奈何不了我的。」

班代聞言上前跟趙友志拿過土地公，然後低聲要他離開廟宇，後頭又傳來引擎聲，萬應宮來的人並不少。

「神明有神階，祂就足以引導我們來到這裡，你設再多的路障都沒用。」要不然他們怎麼能找上山來呢……不過開車撞廟門這件事情，當然是愛子心切的母親幹的。

『這麼多祭品嗎？』上方的廖舒雅，突然變得很開心。

「並不是。」表姊抬首，望向廖舒雅時，竟然也還抱著敬畏之心。「請問您要什麼樣的條件，才要離開這位女人的身體？」

在對話當中，阿呆跟王羽凡試圖離開那鮮血陣法，卻發現只有他的母親能夠進出自如；班代他們進不來，而阿呆他們也出不去。

這讓他母親急得像熱鍋上的螞蟻一樣。

『我不想。』廖舒雅冷哼一聲，『我喜歡這個身體，喔……除非給我那個身體，我就走。』

她指向王羽凡，非常乾脆。

「我才不要！」王羽凡篤定的回著，拉緊阿呆的手臂

「除了身體呢？您可以回去，開什麼條件，萬應宮都為您準備好。」

『萬應宮？哈哈——』廖舒雅尖聲笑了起來，『請我來的也是萬應宮、要我走的也是萬應宮。』

「我沒有要尊駕離開！」藏真緊張的上前，「請您庇蔭我們這間小廟，靈魂跟活人我們都會準時準備！這是另一間萬應宮做不到的！」

邪惡的藏真回眸瞪著表姊。

阿呆聽到另一台車子走下很多人，還有另一車前來的人們，他雖然看不見，卻能感覺到那些人的靈光。

「爸跟大伯都來了。」他低語，覺得自己捅了一個大婁子。

「您不適合待在人界，您也有該去的地方，我們可以準備牲畜祭祀，幾年都沒問題。」表姊上前一步，逼近了圓形血陣。「不要逼得我們把您打回魔界。」

「啊哈哈哈！說什麼大話！魔王豈是那麼容易讓你們請走的！」開玩笑，他當初請魔物降臨，費了多少苦心吶！

「嚴格說起來，那女人被附身是自找的，她自己給了你們生辰八字不甘我的事，但是你

們打著萬應宮的名號做這些事，就屬於我插手的範圍了。」表姊嘆了一口氣，再看向廖舒雅一眼。「這是最後的機會，您不談條件的話，我們就打硬仗了。」

廖舒雅沒有回答，她張牙舞爪狂笑著，大手一揮，竟然將表姊往外打了出去！

要不是班代及時攔住表姊，只怕她已經被揮出廟外頭了。

「這裡是他們的地方！大家要小心！」阿呆情急之下大吼著，「這裡埋有數不清的屍體，全都被詛咒過！」

阿呆要母親離開，站到廟外去，越遠越好，因為母親會的東西有限，根本無法自保！可是身為人母怎麼可能願意離開，她緊抱著兒子，說什麼就是不走；後來王羽凡被逼得一把推開阿呆的媽媽，請她不要造成阿呆的困擾，做母親的才忍著淚水，走到廟門外面去。

「從很久以前，我就看萬應宮不順眼了。」藏真師父抓住人骨雕成的佛珠，瞪著眼前一票人。「世界上只要有我這座『卐應宮』就好了！」

他開始唸唸有詞，而所有被控制的小鬼與怨靈，同時從廟外的四面八方湧了進來。

被班代扶穩的表姊立刻咬破自己的手指，在土地公神像上的雙眼處點上眼睛，再把土地公拋出去。

果不其然，飛撲上來的怨鬼們一觸及土地公的範圍，立刻被往後彈了數百公尺遠。

「爸！有沒有水、還是火！」阿呆大喊著，另一手抓住王羽凡。「妳機靈點，看到什麼就打，要是打不過，一定要記得閃！」

若不是出不去，他根本不想讓她在裡頭遭遇危險。

「放心好了！有人可以給我刀子還是球棒什麼的嗎？」王羽凡鼓起勇氣，在阿呆旁邊，她就什麼都不怕！

班代非常貼心，他早就準備好了兩位摯友用慣的東西，他拿了兩瓶水跟打火機，將它們滾進陣法裡給阿呆，再滾進一支標準的狼牙棒，那是王羽凡的愛用品。

它們都被萬應宮法師加持過，保證有效。

「你表姊要把魔請走嗎？」她不安的問著。

「應該是。」阿呆邊說，扭開其中一瓶水，往王羽凡頭上澆了下去，搞得她一陣尖叫！

「你幹嘛！」她瞬間成了落湯雞。

阿呆笑而不答，他再摸出另一瓶水，蓄勢待發。

班代看得出來，阿呆把水澆在羽凡身上是為了讓她的身體成為結界，不讓小鬼侵犯她……只是，阿呆為什麼自己不淋點水呢？他現在根本看不見，他要如何自保？

「同學，你出去吧。」表姊對著他笑，他來通報這件事，已經很讓人感謝了。

「再普通的人也有作用。」班代沉穩的說著，並不打算離開；阿呆的父親也開了口，請他到外頭去會安全得多，但是班代依舊堅持，而且還說了極具說服力的理由：「我跟阿呆的媽媽不一樣。」

非常好！阿呆差點沒笑出來，班代跟媽的確差十萬八千里，媽只有攪局的份，可是班代卻是在危機中會做出驚人之舉的人。

這個理由意外的說服了萬應宮的人馬，讓班代得以留下。

然後阿呆的父親領頭，所有萬應宮的人，開始同步唸起某種經文，看得王羽凡瞠目結舌，因為所有人幾乎是同時立定一站，手持佛珠，就開始旁若無人的唸起經來。

四周有許多妖魅的攻擊，他們卻能張開一張球形的保護區，阻止他們的攻擊。

「阿呆！我要火。」表姊開口對著阿呆大喊，蹲下身子，敲著土地公。「把火燒過來！」

只見阿呆深吸了一口氣，將王羽凡推到一邊，此時一堆小鬼往她身上撞，全都慘遭熔蝕之苦，她髮上的水珠，的確給了強大的保護。

而阿呆左手點燃了打火機，右手向上平攤，這次沒有觸及火燄，他的右掌心上方，憑空竄出一團火球。

他循著聲音的方向，向外一拋——

「魔主！」藏真師父忽然大喝一聲，上頭的廖舒雅跟隻螳螂一樣，俯衝而下，朝著表姊而來。

「危險！」班代見狀，緊急護住表姊，往一旁摔去。

而廖舒雅跳到地面上，一腳踹開土地公神像，然後擋下了阿呆擲來的火球，一把抓住，然後從容的吞進口中。

『業火？』廖舒雅蹲踞在地，壓低了背、卻又伸長了頸子，看著阿呆。『區區人類，為什麼你會有業火？』

「魔主，他很厲害吧？這是千挑萬選的活祭品啊！」解籤人突然敲起邊鼓，「您快吃了他，一定對您有助益、而且他保證非常非常的好吃！」

是啊，能夠使用業火的人類，怎麼可能會不好吃呢？肉體就算了，啃著那靈魂時，一定更加令人激賞！

電光石火間，廖舒雅直接就往阿呆衝了過去！

不行！王羽凡見狀，不顧一切擋在阿呆身前，直接把他往後推，她比較沒用，要吃也應該先吃她！

「舒雅！」只是有一個人更快，趙友志衝到了前頭，抱住了廖舒雅。「妳醒一醒！舒雅！妳不是這種人！妳不是魔，妳是人啊！妳醒一醒啊！」

『滾開——』廖舒雅彎曲了食指，在趙友志的背後劃上了數條血痕。

「醒一醒！舒雅！妳可以對抗他的！妳可以！」趙友志痛哭失聲，無論如何，都不想放開妻子，緊緊錮著她的身體。

一旁的表姊終於站了起來，她交給班代一條佛珠，要他拿去圈住趙友志夫婦的頸子。然後她重新拾回土地公，將祂好整以暇的放在地上，誠心膜拜。

「請開示……請務必開示。」她的額頭叩在地上，「請開一條路，請神依憑我身！」

「妳讓開！」陣法裡的阿呆扯著王羽凡，「妳哪根蔥啊，擋在前面做什麼！」

「我什麼蔥都不是！你比較厲害，你們會的人死掉不就玩完了！」王羽凡的力氣一向比阿呆大，「你給我在後面躲好！」

班代拿著長佛珠走了過來，此時廖舒雅早就注意到他……只是她不懂，為什麼抱著她的男人力氣如此之大，大到她竟然推不開。

「對不起喔！」班代趁機將佛珠圈住了他們兩個的頸子，還多繞了一圈。

這舉動引來廖舒雅的慘叫，她扭動著身子。圈住她頸子的佛珠，開始發出紅色的火光；那些佛珠像是燒紅的木炭似的，不僅透著火光，而且還在廖舒雅頸子上燒出焦煙來。

「舒雅，對不起！對不起！」趙友志依然緊抱著妻子，即使背部被抓爛了，他還是流著淚，不讓妻子輕舉妄動。

萬應宮的經文越唸越大聲，漸漸的，連班代都聽得懂他們在說什麼了。

「請神明憑依我身、請神明降臨，憑依我身。」偌大的聲音迴盪在這陰廟裡，鎮去了藏真的魔語。

班代看了王羽凡一眼，他們手中什麼都沒有，可是卻也用力一頷首，有樣學樣的雙手合十，跟著唸出一樣的語句了。

誰說沒有神？地上不就有一尊土地公嗎？只要有神，就能夠請神明上身，萬應宮在做的，竟然是請神明降臨來制伏魔物！

問題是，藏真冷冷的笑著，神明豈有這麼容易請？在這極邪之地上？

阿呆保持警戒，也跟著喃喃唸著，他沒有請過神，但是既然表姊出動了，表示一定有其用意。

「請神明憑依我身、請神明降臨，憑依我身……」請——咦？

阿呆忽然感覺到一股強大的力量襲來，他完全停下了動作，感受到一股力量由遠而近，而後直到降臨他的眼前！

有一隻手接過了他手中的礦泉水，然後他聽見潑水聲，緊接著沾滿水的掌心熨上他的雙眼……他什麼感覺都沒有，只知道皺著眉睜開眼時，他看得見眼前的人了！

王羽凡站在他面前，濕淋淋的雙手證明了是她開啟他的雙眼。

她微微一笑，變得非常非常的美麗，而且全身上下散發著靈光。

聲音靜了下來，所有人瞠目結舌的看著這一幕，美得不可方物的王羽凡，一腳輕巧的踏出血陣，那一瞬間，所有以血畫成的軌跡，全數燒成了灰。

「不可能、不可能！」藏真不可思議的看著王羽凡，腳不自主的向後退。

「神、神降臨了？」解籤人驚慌失措，踉蹌向後退著。

廖舒雅發出驚恐的慘叫聲，推開了痛到已昏迷的趙友志，掙開了佛珠，如同驚弓之鳥向上跳去，來到藏真身邊的神桌上。

班代機靈，趕緊脫下身上的T恤，蓋在趙友志背部，希望多少能止點血。

廖舒雅的頸子上全被燒得焦黑，炭化的碎屑還不停因頸子擺動而跟著崩落。

王羽凡優雅的抬起手，直指廖舒雅。

「哇呀呀——不關我的事！」解籤人驀地大叫一聲，一旋身就往後逃逸！

他的動作引起了藏真的注意，也慌亂的跟在後面跑，甚至還抓住了解籤人後面的衣領，將他往後扔去。

兩個男人因為這樣絆倒，還爭先恐後的自地上爬起，打起架來。

『條件！我要談條件！』廖舒雅緊閉著雙眼，受不住王羽凡身上迸發的光芒。

「太慢了。」表姊冷冷的看著廖舒雅，然後再度恭敬地跪上了地，朝著王羽凡行了大禮。

一陣狂風掃了進來。

一道光隨著強風一起襲向了神桌上猙獰的廖舒雅，王羽凡的身形因白熾的光芒而趨於模糊，阿呆半瞇起雙眼，看著那刺眼的光穿過了廖舒雅的身子，然後有道黑影自她背後竄了出來。

那黑影撞上柱子、撞上天花板，跟一顆彈力球一樣亂竄亂跳，最後竄進了扭打在一起的藏真跟解籤人身體裡。

「哇呀——」藏真跳了起來，全身開始不自然的扭動。「不——我不是容器！我不是！」

黑影拆成一半，躲進兩個男人的身體裡後，就沒有再出來。

王羽凡身上的光漸而微弱，所有萬應宮的人均伏額貼地，未曾動彈；班代早發現這一點，跟著以最虔誠的心，叩首。

唯有阿呆，站在原地，望著不是王羽凡的王羽凡。

她轉過頭來，看著他，然後雙眼忽地一閉，整個人癱軟下去。

幾乎是同一時間、同樣的動作，阿呆也是那樣，不支倒地。

「阿呆——」

他最後聽見的，是母親的聲音。

尾聲

在雲林的山裡，有一間原本香火鼎盛的廟宇，之前信徒是絡繹不絕，從山腳到半山腰的小徑上，全是叩拜之人。

因為聽說那廟靈驗得不得了，有位活菩薩在裡頭。

只是，某天有人指稱看見了廟裡鬧鬼，那莊嚴神聖的活菩薩變成了惡鬼，嚇得信眾們連滾帶爬的逃下山，還有人去報警！只是警察上了山，卻不見任何異樣。

當天晚上，那間廟被一把火給燒了。

火光沖天，連在山腳下的人都看得見，消防車上山費了一番功夫，因為看著火光在前頭，卻發現完全找不到方向；附近的人率先過去滅火，說也奇怪，再多的水都澆不熄，急得居民慌亂無措，就怕這把火再往旁邊燒，會造成山林大火。

消防車好不容易到了，灑水車一樣澆不熄大火，這邊拚命救，那邊越燒越旺，只是奇怪，這大火就只燒著那間廟，燒掉旁邊一塊竹林，其他連一片葉子都沒燒到。

消防人員都說沒看過這種詭異的大火，而且那晚明明吹的是東南風，可是廟著火時，連空氣似乎都停止流動。

廟燒得精光後，火自己滅了，還沒等消防人員再次以水澆熄，晴空萬里的天空就突然打了個悶雷，嘩啦啦的一陣傾盆大雨，徹底的解決了火苗。

那雨又大又急，沖刷了許多泥土、沖掉了灰燼，也沖出了地底下無盡的枯骨。

翌日天氣放晴，許多骷髏全露出地面，嚇得民眾不知所措，警方也立刻前來關切，才發現這裡過去是個亂葬崗，只是屍首之多，讓人匪夷所思。

接著，就有專業人士出面了，撿骨師跟法師一一出現，超渡法會連續做了一個月，總算還給那片山腰一個平靜。

只是，這廟燒燬了，那廟裡的住持呢？所有相關的和尚，還有位藏真大師，怎麼都不見蹤影？幾經追尋，到現在還是沒有找到下落。

男孩按著遙控器，希望可以再看到相關新聞，不過事情隔了太久，早已沒有任何新聞價值了。

轉眼間，已是炎炎夏日的暑假了。

※　※　※

「阿呆！」媽媽走了進來，「不要老坐在裡面啊，羽凡他們來找你了！」

「喔……」阿呆勉強的從床上爬了下來，一臉無精打采的樣子。

「喔什麼！年輕人幹嘛這樣沒活力的！」媽媽用力一擊兒子的背部，但竟然沒打到？

一抹媽媽看不見的紅影擋在阿呆背部，「她」捨不得乾兒子被打。

「謝啦，乾媽！」阿呆回頭跟母親吐了吐舌，「還是乾媽對我比較好！」

「咦？學姊！妳太寵阿呆了啊！只是被抽去一些生命力，有必要這麼小題大作嗎？」媽媽很生氣的對著阿呆的左方說著，「妳這樣寵下去不行的！以後他……」

阿呆加快腳步的走了出去，乾媽早就飛出去了，一輩子跟看不見的人說話，媽也真厲害。

『你還好吧？應該快恢復了，四十九天快到了！』穿著紅衣的女人靈體，有著清秀的臉龐，心疼不已的看著阿呆。『真抱歉，我沒辦法幫上忙……』

「拜託！乾媽，妳去了要是被魔吃掉，我會哭死的！」阿呆對著紅衣守護靈微笑，「我只是被抽掉了一半的生命力而已，再過陣子就可以跟一尾活龍一樣了。」

「哈囉！看我買什麼來給你！」王羽凡站在萬應宮外面，拎著飲料在等他。

「乾媽！幫我看一下，那完全是羽凡了嗎？」阿呆存有戒心，遲遲不敢踏出門檻。

『是的，神已經走了。』

所謂請神容易送神難，沒人料得到最適合神明依憑的身體竟然是王羽凡！說來也對，她平日就容易被鬼纏著，卻又影響不到她，因此神明選她依附的確是明智的抉擇。

只是，神明幫他們的代價，為什麼是拿他七七四十九天的精力交換？明明是上王羽凡的身、是表姊他們請的神啊！害得他一整個虛弱，陰鬼上身加糾纏，煩都快煩死了。

而且降臨之後還沒有很快走，「王羽凡」硬是吃了一個多星期的水蜜桃，才開心的離開。因此王羽凡小姐本尊不但傷口全數癒合，還失去了一個星期的記憶，醒來時大驚小怪，說她的記憶跳躍，啥都不記得了！

拿走他的體力就算了，最過分的是，為什麼——要讓他不能戴眼鏡！害得他每天都見到一堆充斥在人世間的鬼，又不能完全不理，真的看了都火大！

「別不高興嘛！再幾天你就沒事了！」王羽凡滿臉歉意的看著他。

「你怎麼還是很無精打采？」班代一臉憂容，「又生病了嗎？」

「沒有！就是提不起勁！」他微笑著搖頭，接過羽凡買的飲料。「你們怎樣？騎腳踏車出去玩嗎？」

「嘿呀！希望你快點恢復體力，我們就可以一起去玩了。」她好期待，希望可以快點跟阿呆一起出去。

「我才不要！上次就是妳提議說要騎腳踏車，才害我們撞上姓趙的，再蹚進那池渾水裡，害得我現在——」

「喂！你自己也想跟那個『乩應宮』了結的啊！」王羽凡才不讓他把事情亂推咧，「現在解決了，你要很開心啊！」

「當我被當成交換給對方的代價時，我會開心嗎？」他重重的嘆了口氣，「還有，我們那件事害得表姊期末報告沒寫好被當掉，你知道我現在活在水深火熱之中嗎？」

兩個同學沒人說話，還在學期末搞這種事，的確是太不明智了。

「咦？」班代忽然直了直身子，往右手邊看去。「欸……是趙先生。」

他們三個人站在驕陽底下，看著熟悉的車子緩緩駛來，的確是趙友志。

經過調養，他背部被撕爛的皮膚已經做過幾次換膚，算是手術完成了，身上的傷好得很快，但是心理的傷卻不是那麼容易痊癒。

他帶了初次跟阿呆他們見面時的那家豆花來，班代去搬了折疊桌，他們躲在廟宇屋簷下面吃豆花、喝飲料，倒也非常暢快。

但趙家在事情過後，並沒有恢復正常生活。

安安跟柔柔已經對母親心生極大的恐懼，連他的父母都一樣，即使廖舒雅身上的魔物已經走了，孩子卻再也無法跟母親相處。

他躺在醫院的時間，廖舒雅的父母親負責照顧他們夫妻倆，廖舒雅整整睡了快一個月才醒來，一醒來就是無止境的哭泣；至於她的父母，也很後悔當初迷惘，竟把魔物當菩薩，還讓女兒不吃不喝的被利用，甚至引以為傲。

在父母細心的調養下，廖舒雅日漸豐腴，不像被上身時的可怕，但是她心底受到的創傷，卻似乎再也無法平復。

她得不到孩子的愛，想抱安安卻被拒絕，孩子們視她如惡鬼，嚇得嚎啕大哭；而公婆也自己到外頭租屋，不願與她多說話，爾後她夜裡常做惡夢，總是夢到那時的事情，哭喊著「不要佔我的身子」。

接下來，她的夢境延伸到白天，變得疑神疑鬼，只要有個影子就會歇斯底里的以為是小鬼，只要有人來，就會逼問對方是不是「ㄎ應宮」派來的。

到後來，除了他親手端給她的東西外，她什麼也不吃，她懷疑有人會下毒、會下藥；所以她也不再出門，因為一出去，好像就會遇到可怕的事情。

「所以你太太現在……」王羽凡試探性的問著。

「她一個人關在房裡，現在連到客廳都不肯。」趙友志也瘦了許多，「我打算搬家，她現在對那間屋子也很害怕。」

「是不是該帶去看醫生？我想可能是得憂鬱症了！」班代也提議著。

「那也要她願意出門才行，我不想再綁住她。」趙友志哀戚的說著，「連她爸媽來看她都會被她拿掃把打出去了，我想……要等她痊癒，還要一段時間。」

氣氛陷入僵硬，大家都不敢再說些什麼；弄不好，說不定廖舒雅一輩子都是那樣。

「你知道什麼是大劫了嗎？」打破沉默的是阿呆。

趙友志抬起頭，看著坐在他對面的高中生，淚水再也無法克制，啪答就滴入了豆花裡。

「點那個平安燈、求那個籤，說要化劫……」他連連點著頭，泣不成聲。「到小廟去給八字啊……那才是當初所謂的大劫啊！」

那籤說得一點也沒錯，當初解籤人說，舒雅今年不但有血光之災，從意外到病痛全部都有可能，家庭的話，恐怕會四分五裂……

如果不去那小廟，大劫和籤上所寫的，也全都不會發生了！

到頭來，正常的家庭生活已不復在，正常的人生也不存在，他必須全心全意的照顧妻子，幾乎也無法好好工作了！

「雖然為時已晚，但是，萬應宮還是願意讓您為家人，點一盞平安燈。」阿呆站了起身，平和的看著趙友志。

趙友志緊咬著唇，淚珠滾滾而出，恭恭敬敬的朝著阿呆點了頭，隨著他的引領，進入了萬應宮的大廟裡。

他虔誠的祈求家人平安，安安跟柔柔順利長大，妻子能夠早日恢復正常。

這是觸犯禁忌的代價，他不得不承擔，只是如果再來一次，他多希望可以聽岳母的話，當機立斷，不去不知名的小廟！

光明燈安置妥當，趙友志雙手合十，再三請拜。

「我可以問嗎？」離開時，趙友志忍不住問了。「那個藏真師父跟解籤人呢？為什麼連警方都沒有他們的消息？」

阿呆挑了挑眉，聳了聳肩。

「你知道為什麼世界上那麼多人，那個魔物偏偏挑你的妻子當容器嗎？」阿呆反問了趙友志。

「因為什麼八字合、磁場對，還有什麼順眼！」

「沒錯，容器不合，會發生很可怕的事……超級可怕！」阿呆嘴角挑起了笑意，「像是活著腐爛這種事，說不定也會有呢。」

他看著天空，在萬應宮以西有一條小溪，那兒最近臭氣沖天，黑影籠罩，他想，可能有兩個正在腐爛的活人，跟爛泥和在一起，過著生不如死的日子吧。

然後也差不多該找個時間，再去跟那個魔物談談條件了！現在的他趨於弱勢，最好是乖乖滾回家比較明智呢。

「等我恢復後，我們到那邊那條溪流去玩。」

「騎那麼遠啊？」王羽凡有點訝異。

「阿呆，你無緣無故要去那裡做什麼？」還是班代聰明，因為班上有同學住那兒附近，總說那裡最近怪怪的。

阿呆沒說話，只是笑而不答。當然要請羽凡去，必要時嚇嚇那魔物也好！

他們回首，瞥了一眼趙友志，跟他揮手告別。

趙友志輕輕的笑著，朝著三個高中生，深深的一鞠躬。

大劫，就是進那廟宇化劫開始。

但是他相信，劫數總有雨過天晴的一天，只要他撐下去，終究有一天，妻子一定能恢復正常的。

明年，他要帶著全家，一起到這間萬應宮來，再點一次平安燈吧！

※本篇改編自真人真事，廖舒雅（化名）至今依然重度憂鬱，敬請妥善擇廟。※

番外之一・香客

晴空萬里，湛藍的天空沒有一絲白雲，仰望視之，便得一片開闊。

不過地面上的人倒是熱到快中暑，聽說今夏飆破三十七度都不成問題，太陽灼熱的曬在肌膚上，大概一分鐘就會有燒起來的錯覺。

但這還是阻止不了進香拜佛還願的人士，機車、汽車停滿了寬大的前院，萬應宮今日香客依然絡繹不絕。

「阿炮叔！」阿呆從廟裡懶洋洋的走了出來，「你攤子擺外面一點，擺這麼靠近廟，很難看！」

「啊？可是近一點大家比較好買冰捏！」阿炮叔推著小攤子，裡頭賣著叭噗。

「一律到停車場的位置去，廟的範圍不能擺啦！」阿呆揮揮手，「一開始就說好了，你這樣偷跑，我怎麼跟紅茶姨交代？」

紅茶姨正在五公尺遠的地方邊舀紅茶給客人，一邊施出雷電雙眼轟向阿炮叔。阿炮叔摸摸鼻子，只好推著攤子往外緣走去，當然是故意離廟近一點，這樣口乾舌燥的香客一出來就會先跟他買涼的吃啊！

萬應宮是中南部赫赫有名的廟宇，沒有什麼和尚女尼等，有的就幾個正常人跟婆婆，但是靈力一等，消災解厄萬事都會，幾乎沒有難得倒他們的，所以名聲遠播，香客多得不得了！在這裡做生意，當然會有賺頭啦，只是萬應宮規定很嚴，連攤販來擺都得抽籤，一人輪兩週，一次只能有五個攤子。

這一輪抽中的就紅茶姨、阿炮叔、豆花伯、蝦捲西施跟花枝弟。

「聽說你被神明降身嘍？」阿炮叔一臉豔羨般的說著，「身體現在很虛！」

「不是我。」阿呆沒好氣的說著，幫阿炮叔提著椅子往前走。「不過我是身體很虛沒錯！」

因為那個神明用了王羽凡的身體，卻使用他的精力，這、這是哪門子的代價？

「嗄？」阿炮叔根本有聽沒有懂，阿呆也懶得解釋。

幫阿炮叔架好攤子，阿呆注意到豆花伯的長方形小攤位上坐了三個男生，佔據了左方一個三角處，個個大學生模樣，每個都生得出眾，氣質非凡。

非凡到阿呆覺得他們身上的靈光異於常人。

「豆花～」王羽凡忽然從後跳了出來，「豆花伯～一碗豆花！」

阿呆回身，看見被上身依然能活蹦亂跳的王羽凡，心情非常非常複雜。

「妳什麼時候來的？」往後瞧，班代也揮汗如雨的走過來。

「剛到啊！」她興高采烈的往豆花伯那裡去，一見到坐在那兒吃豆花的三個帥哥，不由得一怔。

哇，好帥喔！她僵直著身子看傻了，雙頰不自覺的緋紅，她很少在萬應宮一次看到這麼耀眼的香客啊！

阿呆皺起眉，她是在臉紅什麼鬼啊！

「你不是說要去後山那邊看看？那兒可能有什麼……」班代壓低了聲音，之前阿呆跟他提過，藏真那兩個人可能和著爛泥與腐敗的身子在那兒做垂死掙扎。

「喔，對！」阿呆搔搔頭，也往豆花伯走去。「下午再去吧，熱死人了！」

他一個箭步卡在王羽凡跟帥哥中間，白了她一眼，用嘴型叫她拿豆花啦，看什麼看到呆掉！他不知道為什麼心裡不舒爽，硬是坐了下來，而班代就繞到王羽凡的另一邊去，一下子整個長方形的豆花攤就滿了。

「後山那個不必去了。」

冷不防的一旁三個耀眼的帥哥出聲了。

「那個我們等一下會去解決。」坐得最遠的男人微微一笑，「那比你們想像的複雜，用不著讓小孩子去冒險。」

阿呆瞪大了眼睛，不可思議的望著說話的人。

「星塵，你看你看！他長得真快，已經高中了啊？」與阿呆間隔一個人的帥哥打量著他，「怎麼還這麼矮？」

「要你管！」提起身高，就是踩中阿呆的忌！

不過坐在阿呆身邊的眼鏡男生，倒是不發一語，只是來回梭巡著阿呆、王羽凡跟班代三個人。

「日冥，怎麼？你看得太出神我們會怕。」

他才會怕好不好？這三位是何方神聖？

「大劫。」日冥幽幽出聲，「生死大劫。」

阿呆立刻站了起身，擋在王羽凡前面，用挑戰般的眼神看著。

「用那種眼神瞪我也沒用，我不是在嚇唬你們。」日冥冷冷一笑，「接下來有一場生死大劫，你即將走進人生的岔口，決定你的未來；你後面那個可愛的女生則是面臨生與死的關卡，至於最後面那位圓滾滾的男生，你的劫難還多得很，生死劫是在未來，建議你有空就修。」

「喂——」阿呆不客氣的吼了起來，「你在胡說八道什麼！表姊可從來沒有跟我說過這麼多！」

開玩笑，他的表姊可是萬應宮數世高人耶！

「她怎麼可能算得出你？」星塵翩然起身，「你的靈力上乘，一旦覺醒，將贏過現在的住持幾十倍。」

咦？阿呆錯愕，他這吊兒郎當的傢伙比表姊強？

「玄蒼，要不要直接幫他覺醒？」

「我才不要把言靈用在這麼浪費的地方。」玄蒼還嘆了口氣，「當年我對他用過了，才不要用兩次。」

「也不適宜，他的能力覺醒與否，就在這次的大劫裡。」日冥淡然一笑，接著三個男生都起了身。

阿呆目瞪口呆的望著三個大男生悠哉悠哉的走向一台普通的 Tierra，形態優雅自若，他發現自己說不出一句話來！

「阿呆！」此時，母親在遠處叫喚。「你爸爸叫你，先進去……咦？」

阿呆的母親站在面前，瞠目結舌的望著坐入車中的三個男生。

「咦咦咦！你們——」她直指著他們，但是男生們沒有停留，倒車一迴轉，車子便揚長而去。

阿呆立刻衝向母親，「媽，他們是誰？妳認識？」

「我……認識啊！」母親緊皺著眉，「當年我不是在醫院生你的，我跟你爸那天要去愛河浪漫一下，結果途中遇上車禍，羊水就破了，但是根本來不及到醫院，血一直流一直——」

「這段聽過了。」阿呆連忙打斷，「可是後來不是說救護車及時趕到？」

「在這之前，他們三個人像明星一樣從馬路那端過來，一句話就讓警察動彈不得，無法阻止他們到我身邊來。」母親回想著不遙遠的過去，「然後最帥的那個蹲下身子，叫我不要怕，接著把手放在肚子上頭對你說：『沒事的，你有責任必須平安出生。』然後血就超神奇的停了！你還撐到救護車來，連醫生都說沒缺氧是奇蹟呢！」

言靈嗎？阿呆想著剛剛他們的對話，叫玄蒼的言靈者說以前對他用過一次！

「可是他們怎麼會……」母親擰著眉，望著已遠去的汽車影子。

「為什麼會到這裡來？」阿呆喃喃接口，他感覺得到，三個奇人是刻意等他們三個的。

「怎麼會一樣年輕一樣帥呢？」母親嚷嚷起來，「不可能吧？都十幾年了，怎麼一點兒都沒有變老？不公平！」

「媽……」那不是重點！

「不過還是你爸最帥嘍~呵呵~」母親雙頰酡紅，拍了拍他。「快點，你爸在叫你。」

阿呆凝重的往廟那兒走去，廟門口，不期然的站了深黑長髮的表姊。

「他們說了什麼？」她忽地開口，知道舅媽永遠不會問重點。

阿呆低語，簡單的敘述。

「生死大劫啊……」她看著阿呆，挑起一抹笑。「用這個當覺醒的契機，倒挺炫的！」

「我一點都不覺得！」他不悅至極，一整天的心情都被三個莫名其妙的人搞壞了！入廟前，他不由得回首瞥了還在豆花攤的同學一眼，班代跟王羽凡也一樣的眉頭深鎖。

班代沉吟著，他的劫難在未來，生死劫不斷，所以應該要現在修……不知為什麼，他覺得這段話對他而言非常非常重要。

王羽凡托著腮，噘起嘴玩著豆花，什麼叫做生死關頭啊，呸呸呸，烏鴉嘴！人家她可是剛被偉大的神明降身耶！

可是好奇怪，為什麼她覺得帥哥說得很認真？

這天，晴空萬里，湛藍的天空沒有一絲白雲，仰望視之，卻沒有人能得一片開闊。

番外之二・點燈

她最近老心神不寧。

夜晚走在路上，總覺得背後有人跟著她，緊張的三步一回頭，但後面卻什麼都沒有……可是越是什麼都沒有，就越叫人心慌。

「有什麼好疑神疑鬼的啊？」

妹妹咬著筆，困惑的看著她，那條路她也天天走，沒什麼事啊。

「我總覺得有人在看我。」她擦著一頭濕髮，「妳都不覺得那條巷子很陰嗎？」

「哪會？我們從小走到大耶，姊！」妹妹聳了聳肩，輕吟著歌晃著頭，拿起手機就開始打電動。

唉，女孩一臉無奈，妹妹就是神經大條，敏感度有夠低的！她拿起吹風機吹髮，吹風機嘈雜的聲音蓋掉了外頭一切聲響，包括妹妹手機裡的電動聲。

蓄著一頭長髮的她正低著頭吹髮，驀地一雙腳突然出現在她眼前，嚇得女孩失聲尖叫：「呀——」

「哇！」一屋子人跟著尖叫出聲，妹妹還摔掉了手機。「幹什麼啦！姊！」

女孩嚇得吹風機都扔出去了，驚恐莫名的看著眼前的媽媽，媽媽又氣又急的趕緊爬上她的床，抓過那個貼在被子上的吹風機。

「這樣很危險耶！」媽媽關上吹風機責備著，「沒什麼事妳叫成這樣！」

「沒……沒什麼？妳這樣突然出現，我當然會嚇到啊！」女孩驚魂未定，臉色慘白的嚷著。「就這樣不作聲進來，我魂都要嚇飛了！」

「我喊幾次了？門也敲好幾遍了，是妳吹風機太大聲聽不見！」媽媽氣得把吹風機往床上扔。

心跳得好快啊，女孩按著心口，覺得心臟都要跳出來了。

「姊好沒膽喔，一定是因為愛看恐怖電影的關係！」妹妹嘲笑著。

「我要真沒膽，還敢看恐怖電影嗎？」她睨了妹妹一眼。

「就日有所思，夜有所夢啊，看那一堆嚇人的，然後晚上再來自己嚇自己！」妹妹調侃著看向媽媽，「媽媽，我跟妳說，姊剛說覺得……」

話沒說完，女孩抓起床上的玩偶就往妹妹頭上扔過去，閉嘴啦！

「好了，別鬧！」媽媽不耐煩的攔截玩偶，「考試成績公布了吧？考得如何？」

呃，這個問題比恐怖電影還可怕了。

女孩心都沉了下去，看著妹妹自在的拿出她的成績單，那眉飛色舞的模樣，就知道她鐵定又考了第一名：永遠第一名的妹妹，都已經是她的別稱了。

母親滿意且自豪的看著妹妹的成績單，不時的點著頭。

「媽，我還準備參加四百跟八百的田徑比賽喔！」妹妹說著一件彷彿極為稀鬆平常的事。

對，妹妹連體育都好。女孩不禁在心裡咕噥著，一樣都是姊妹，怎麼基因差這麼多？她沒好氣的交上成績單，她則是永遠的中間值，高不成低不就，沒有一科突出，也沒一科很爛，至於才藝就是零。

「不進不退，也可以啦。」母親快速的瞥了眼，「要維持都不變，也是滿厲害的。」

「我也這麼覺得。」女孩把自個兒摔回床上，「我再怎樣努力，也只能考這樣的成績。」

唰！妹妹搶過了成績單，女孩有點羞赧的跳起來想阻止，但妹妹已經攤開閱讀了。

「高中這麼難嗎？」她喃喃說著，「感覺我再玩也沒幾年了。」

「我不要求成績的，不要太差，至少要把書念進去，豐富自己的知識學識，好好做人才重要。」母親安慰著兩個孩子，「好啦，姊姊妳快點吹乾頭髮，妹妹電動只能打半小時。」

「好——」兩姊妹異口同聲。

爸媽的確不會苛責她們的成績，也不過分要求，但是……每次在跟別人說話時，他們提的永遠都只有妹妹，也只有妹妹值得他們自豪吧？

說的也是，如果有人問起她，爸媽要怎麼說？沒有突出的成績，也沒有特別長才，每次媽媽只會說她是個細心的孩子，穩重又內斂，但這種讚美有跟沒有一樣，就像是在掩飾她拿不出手的成績。

女孩邊吹著頭髮，一邊看著櫃子上的眾多獎牌，說她不羨慕妹妹那是假的！但凡她能有一項拿得出手的，也就不必這麼自卑了吧。

※　※　※

下課時間，同學拍了拍女孩，一群女孩決定去買點心，沿路聚在一起吱吱喳喳，討論起最近上映的電影。

「喂喂，妳們看《化劫》了沒？」

「我看了啊，我首映就去看了！」女孩一臉得意的說著。

「這麼快！那可別劇透喔！」同學怡珊趕緊警告著，「御飯糰，妳該不會有姓名羈絆才衝第一個的吧？」

「那可不！」御飯糰笑得一臉得意。

「臭美的咧！」怡珊嘻笑著推了她一把，結果還太大力，逼得她踉蹌了數步。

只是這一秒才踉蹌，下一秒唰的天降盆栽，直直摔落在她與怡珊的中間——匡啷！

嬉鬧中的女孩們頓時僵住，人們交換著眼神，冷汗頓時濕了襯衫，御飯糰甚至還能感受到盆栽彷彿擦過她前髮的觸感。

「樓上！搞什麼啊！」怡珊回過神，就朝上方破口大罵。

「對不起對不起！」三樓的學生嚇呆了，盆栽是他們班上的，不知怎的突然掉下去！

御飯糰看著地上破碎的盆栽，要是剛剛她沒被怡珊推那一把，現在她搞不好已經頭破血流了……她沒來由的打了個寒顫，揪著衣角的手微微發抖，好可怕！

「沒事吧，御飯糰！」怡珊趕緊把她拉到旁邊，「好險喔！幸運閃過耶！」

「Lucky耶！就差一點點，嚇死人了！」其他同學也驚魂未定。

「Lucky？」御飯糰沒想到這個反向思維，「天哪，我最近怎麼老不順！」

「沒事啦！剛不是閃過了？」

同學你一言我一語的勸慰著，但御飯糰還是一臉心事重重的模樣，這邊心結未解，下午自習課時又被老師約談，老師認為她想推甄的學校目標太高，依照她現在的成績，建議她降低目標，才有考上的機會。

這讓御飯糰的心情更低落了。

「妳是怎麼了？老是愁眉不展！」放學吃冰時，同學忍不住問了。「自習課時老師跟妳說了什麼嗎？」

「沒啊，就說要降低志願標準，厚……」御飯糰把湯匙朝碗裡戳著，「對我就這樣沒信心嗎？說不定我真能申請上啊！」

「老師都是幫我們想最穩的啊，至少一定能上的，這樣就可以提早放暑假，省得再考一次。」

「不是啊……嘖！我想到我妹一定又是第一志願就煩。」御飯糰吞了一大塊芋頭。

「唉唷，幹嘛跟她比，書是自己念的啊！我記得妳爸媽也沒要求妳吧？」怡珊不解的問。大家都知道御飯糰的妹妹很優秀，可是她爸媽也沒因此罵過她啊。

「就……就還是不甘心啊，我也希望可以成為我爸媽的驕傲，我也希望他們可以說說我的好。」御飯糰無奈的嘆口氣，「我知道自己這樣想很奇怪，大家都巴不得父母不要求，可我就……覺得同樣是姊妹，為什麼差這麼多啊？」

「每個人都有自己的優點啦，妳別亂想！」大家又開始勸慰她，「妳細心溫柔又穩重，這點妳妹可沒有吧！」

御飯糰擠出勉強的笑容，又是這種不著調的誇獎，連個具體的實質成績都拿不出來的「優點」。

怡珊見狀扯開話題，不想讓她再低落下去！匆匆吃完後大家就一起去補習，一直到九點半下課後，才一起回家；因為已經高中了，女孩想要有跟同學在一起的時間，因此她跟怡珊結伴而行，婉拒父母接送。

只是這幾天，她畏懼家門口那條巷子，又不想跟爸媽說，所以這晚她只好拜託怡珊陪她走回家。

「有人跟蹤妳？」怡珊聽著有點驚訝，「妳這樣講……我等等一個人回家會毛耶！」

「那個是跟蹤我、不是跟妳啊！」御飯糰拉著怡珊的手拜託，「而且妳等等回去時會轉頭，這樣對方一定不敢！」

這什麼歪理啦！怡珊微咬著唇忍著笑，其實她覺得是御飯糰神經過敏了！他們這附近治安好得很，而且她家前面那條巷子燈火通明，都是住家，真有人意圖不軌，隨便尖叫都有一堆幫手。

但她還是陪著她走了。

「欸，妳有沒有聽過一種說法啊？就是……有的人磁場很強，會把別人的好運吸走？」

怡珊突然起了這個話題，讓御飯糰有幾分錯愕。

「是、是嗎？」

「聽說啦，就是跟好運的人在一起，並不會大家都好運，而是妳原本的好運反而被帶走。」怡珊挑了挑眉，「可是很不公平厚，如果換成跟不幸的人在一起，卻會一起不幸。」

「這也太糟！為什麼有人天生好運？」

「世界就是這麼不公平啊！」怡珊兩手一攤，「就像有人天生聰明、什麼都好……啊！就像妳妹妹嘛，好像做什麼事都很順利，什麼都難不倒她！我物理念得要死還是不及格，她可能隨便翻翻就滿分了。」

御飯糰聞言心沉了下去，眉頭緊鎖，這是否就是即使在同樣的家庭出生，她卻跟妹妹差這麼多的原因？

因為妹妹天生好運的磁場，把她的幸運都吸光光了。

「這也太不公平了！就只能認命嗎？」御飯糰嘟起嘴，難怪她再怎麼努力都沒有用。

「誰說的！」怡珊突然語氣間自信滿滿，「我們可以改運！」

「改運？」

「對啊，可以去點光明燈啊！」

※　※　※

御飯糰站在偌大的廟前，嶄新且寬敞，香客絡繹不絕，只是她不知道住家附近曾幾何時新建了這座廟。

「這裡……新蓋的嗎？好大喔！」

「對啊，我也是聽我媽說的！很靈喔！」怡珊眼裡閃著光，「消災解厄非常靈驗，我媽也是從她跳舞的朋友那邊聽說的，因為年前我阿嬤生病，我們去拜拜點燈後，我阿嬤真的好轉了。」

御飯糰有幾分遲疑，略揪著心口。

「可是……」

「怎麼了？妳不是想改改運？」怡珊歪著頭。

「我是想啦，但是……唉唷，妳忘了嗎？平安燈應該要去大廟點比較好，小廟難保不會有問題。」後面這句，御飯糰說得很輕很輕，畢竟在人家廟門口。

怡珊聞言卻有一絲不悅，「喂，我家都在這邊點燈，妳是在咒我家喔！」

「沒有沒有！我才不是這個意思！」御飯糰慌張的搖手，「妳不要誤會，我只是、那個……我也才剛看完電影啊，小說裡也是這樣寫！」

「厚！拜託！妳真的是……」怡珊扯扯嘴角，比劃了眼前這座寬大的廟宇。「這、麼、大，還能叫小廟喔！」

呃，說的也是，寬敞又明亮，香客這麼多，這跟故事裡的小廟不一樣啊。

「又沒逼妳點，既然來了，順便陪我進去拜拜吧！」怡珊拉著她，就趕緊往廟裡去了！

對啊，只是先看看而已！御飯糰也這麼告訴自己，她是真的有疑慮，一直都記得點燈拜拜，還是往大廟去比較穩妥。

裡頭的信眾真的很多，許多人都雙手合掌虔誠拜著，怡珊熟練的領了香，便開始對著天公爐一拜再拜，御飯糰則站在一旁，雙手合十的做了做樣子；這邊拜完，怡珊拿著其他的香，準備再到側殿去。

「同學，妳的氣運的確都被妳的手足吸走了。」

在前往側殿的路上，一位師父突然在距她兩公尺處開口了。

御飯糰先是左顧右盼，再愕然的指指自己，師父在跟她說話？只見師父緩緩點頭，轉身往殿內走去。

「跟上！師父居然跟妳說話耶！」怡珊用氣音說著，興奮的趕緊催促。「跟上跟上！」

御飯糰慌神的隨著怡珊的催促，跟著進入主殿內，她們是從側門進入的，主殿裡莊嚴肅穆，焚香拜佛，也有許多人在擲筊求籤，師父此時就停在解籤人後方不遠處。

「師父。」怡珊雙手合掌，朝師父行禮。

「妳同學？」

「是，她最近老覺得不順，還──」怡珊說著，師父卻突然伸掌制止了她。

「她身上有東西，最近應該心神不寧，夜晚也睡不好，總感覺有人跟著，而且還諸事不順，偶爾有小意外。」師父低沉的說，「接下來會有更不好的事，妳想轉運也難，因為妳家裡有人的氣場過強，干預了妳的磁場。」

好準！御飯糰瞪圓了雙眼，驚訝得說不出話來，她們什麼都沒說，師父居然都知道！

「我身上是……招惹到了什麼？」

「妳氣勢低迷，自然容易吸引些不乾淨的東西，這簡單就能解決，只是……」師父嚴肅的打量著她，「問題的根源不解決，除掉了這次，還是會有別的歹咪呀纏上。」

「解決根源？但那是她、她妹妹耶！」怡珊不可思議的搖頭。

師父無奈的笑了笑，「不是那種解決，妳想到哪裡去了！是提升自身的運勢，讓命運朝好的方向轉動，福氣好運自然來。」

「那我能……怎麼做？」

「很簡單的！」師父走到解籤人邊的桌上，取過了紙筆，轉身遞給了女孩。「只要點盞平安燈就可以了。」

御飯糰趕緊接過，但突然又有幾分遲疑，不安的轉頭看向怡珊，怡珊見狀朝師父輕頷首後，忙把她往後拉了幾步，用眼神問著：怎麼了？

「很貴嗎？我怕錢不夠。」

「妳有多少？我記得只要五百。」怡珊趕緊準備翻書包，「我有，我先借妳沒關係！」

「只要五百啊！」御飯糰突然鬆了口氣，原來這麼便宜！

怡珊跟著笑了起來，翻書包的動作也停了。「我們到……那邊去寫吧！」

她拉著御飯糰往籤詩櫃那兒去，至少有塊硬面能書寫。

御飯糰捏著手上的紙筆，又突然頓了住。「所以這個要寫什麼？」

「妳的生——」怡珊才要說，立刻又被一旁的師父打斷。

「簡單的寫寫妳的名字與生日吧！」師父和藹的說，「總得要個資料，神明才知道祂要幫誰吧！」

噢噢，懂了！御飯糰認真的把紙墊在櫃子上，一字字的寫著。

她身後的怡珊笑容微凝，悄悄轉過身看向師父，突地雙手合十，恭恭敬敬的行了九十度的禮。

師父頷了首，眼裡都是笑意，緩步走到御飯糰身後，瞄著她寫的紙條。

「嗯，這樣就可以了，喔！妳大概幾點生的記得嗎？大概就好。」他笑意更深了，「王羽凡。」

—幕後參與花絮—

我對改編，向來抱持著「自由」。

我深知小說跟電影是不同的，小說能夠用文字慢慢堆砌情感，可以用一整個系列製作出一個世界觀，但電影最多兩小時，就必須交代人物事件情感個性以及宇宙觀，節奏截然不同，所以我對於作品改編，真的是採取非常自由的態度。

「只要主軸與人物重要特色不變」，其他就由專業人士改編成一部能讓沒看過書的人看得懂、看過書的人也能感受到故事真諦的電影，我真沒什麼要求。

所以其實對於《化劫》電影的開發到上映，我的參與度是極極極低的，畢竟一不會編劇、二不懂電影，外行人不涉內行事，我其實就跟大家一樣，負責殷殷期盼著上映那一天。

但我是個好奇心旺盛的人，既然自己的電影開拍，我就想看看真實的片場是什麼樣，這樣下次寫個片場鬧鬼也方便得多，對吧！所以在《化劫》拍攝期間，我參與了開機，也探班了兩次。

開機日是很慎重的，真的有請師父來進行儀式，一如我在書裡強調的，我們不必迷信，但該有的尊重還是要有，既然拍攝這種題材，對於「原住民」要有一顆謙虛誠敬的心靈，畢竟多少會容易打擾到對方。

開機儀式過程有點漫長，細節我記不清，但我記得經歷了第一次快篩，還參觀幾個拍攝場景，關於這點我在粉專貼過，阿呆的房裡眾多細節，真的超級符合人設！現場器材非常多，時值盛夏，拍攝處沒有冷氣，空氣窒悶，但每個工作人員即使汗如雨下依舊專注，演員們更是一次又一次的排戲，短短一幕，拍上幾小時都是正常。

再次去探班是室內的場景，我也才知道原來真的有地方是專門租給人拍戲，並非什麼都是搭景；而在小小的空間裡，專業人員依然能夠架設出軌道，扛起那應該隨便就可以把我壓扁的攝影器材拍攝。

正式開拍前的排戲依舊謹慎，要試到最好的角度與狀態，直到導演喊開拍，真實情感的張力更是令人屏氣凝神；螢幕上一分鐘的戲，拍攝時要拍各個視角，還要有每個演員的特寫，每次鏡頭都還要達到完美，如此反覆，都是項浩大工程，我在一旁默默看著，內心只有感嘆！空間不大，人員眾多，可是每個人都能有條不紊的工作，各司其職，一旦action，所有東西都是完美妥當。

要成就一部電影，真的太太太不容易了。

再次去探班，是在一處露營區，出發前就有被告知因為近日豪雨，山裡有泥濘，要我們留心……我以為就是泥巴多了些，到了現場才知道，哪是什麼泥巴多而已，那真是一腳下去，恭喜獲得天然泥雨鞋一雙的境界！太有趣了！

那天是通宵拍戲，我一到就看見現場複雜的場景，不敢想像工作人員花了多少時間才搭起來的！後來聽說是白天便開始搭景，晚上才開拍。時節已經初秋，即使白天氣溫還高，但夜晚的山區風寒露重，沒在工作的我當然覺得冷，但是其他人可都是忙進忙出，扛重物、搬東西的俐索，每個人都活力無限，只希望把每個鏡頭拍好。

我還瞧見了臨演們，即使是無名角色，但他們依舊專業非常，真的讓我大開眼界。

時間在拍戲中流逝得特別快，現場的氣氛也越來越沉靜，人總是難以跟瞌睡蟲抗衡，夜越深大家越沒那麼亢奮，拍戲也是另一種賣肝賣青春的工作，燃燒的都是名為熱愛的熱血。

就在真的想睡時，天空露出了魚肚白，我跟著通宵達旦，雖然什麼都沒做，什麼都幫不上忙，但卻有種難以言喻的滿足感。我向來喜歡認真努力的人，喜歡看那些即使疲憊，依舊閃閃發光的眼神。

喔，讓我印象最深的還有場記，他必須細心到記得哪一景誰是穿什麼衣服、髮型是怎樣，傷口開哪邊，筆不停的記著，事無鉅細，我實在太佩服那嚴謹的觀察力與細心程度了！

我啊，果然只適合寫小說！

那天我搭上了第一班捷運，一雙鞋上滿是乾硬的泥土，晨曦中的捷運裡人潮三三兩兩，我卻一點也不倦；我想著這一夜的通宵，那些還在拍戲現場的人們，想著即使殺青後，還有剪輯、後製、特效等等眾多繁瑣的工程在後頭等待著。

想著距離真正上映，應該還要很久很久。

現在，它來了。

伴隨著疫情的結束，《化劫》終於要在二〇二三年六月二十一日上映了。

我跟大家一樣期待，我們一起，影院見吧。

—後記—

《化劫》，二〇〇七年末我敲下第一個字，二〇〇八年一月交稿，二〇〇九年八月出版便利書，二〇一〇年再版為25開版，二〇一七年春天出版社重新出版，然後，現在這本是第四版本：電影版。

二〇二三年六月二十一日，它即將變成電影，從紙張躍上大銀幕。

二〇〇七年敲下鍵盤的那時候，我根本不會想到十六年後、這個故事、會改編、然後它會成為電影，在影院上映。

打以上這段時不免夾帶著欷歔，彼時我才剛開始寫鬼，是個新人，不曉得自己還能靠寫作撐多久，轉眼間我居然打出了「十六年後」這幾個字，時間可真是一點都不留情吶！

我相信每個作者都有一個夢，希望自己的作品能影視化，但過去這都是屬於「奢望」與「幻想」，從來沒敢把這事兒當真的！而我何其有幸，生在這個凡事都有可能的年代，幸運的遇上了許多人，讓這份潛藏的「奢望」成真了。

我只是那個寫下故事的人，爾後一路發展成電影、乃至於上映，中間經過的路太漫長，源自數不清人的辛苦努力，一切都是眾志成城，才有今日，這歷程中要感謝的人太多，一時也道不盡，在此獻上我最真摯的謝意，謝謝每一個讓《化劫》上映的人。

最重要的，當然要謝謝我的天使們，沒有讀者就沒有作者的存在，沒有你們，何來的出版？何來被看見？何來現在這所謂「有朝一日」？

這是我第一個影視化的作品，希望你們會喜歡，讓我們一起用空白的心，去欣賞它吧！

最後，依舊要感謝購買本書的您，購書才是對作者最實質且直接的支持，沒有您們的購書，作者便無法繼續書寫，萬分感謝、銘感五內！謝謝！

化劫

國家圖書館出版品預行編目資料

禁忌：化劫 / 等菁作. -- 二版. -- 臺北市：
春天出版國際, 2023.06
面； 公分
ISBN 978-957-741-686-5 (平裝)

863.57 112005771

ISBN 978-957-741-686-5
Printed in Taiwan

作者 等菁
總編輯 莊宜勳
主編 鍾靈
編輯 黃郁潔

出版者 春天出版國際文化有限公司
地址 台北市忠孝東路四段303號4樓之1
電話 02-7733-4070
傳真 02-7733-4069
E-mail frank.spring@msa.hinet.net
網址 http://www.bookspring.com.tw
部落格 http://blog.pixnet.net/bookspring
郵政帳號 19705538
戶名 春天出版國際文化有限公司
法律顧問 蕭顯忠律師事務所
出版日期 二〇二三年六月二版
定價 350元

總經銷 楨德圖書事業有限公司
地址 新北市新店區中興路二段196號8樓
電話 02-8919-3186
傳真 02-8914-5524